# CONTENTS

三日月書版

三日月書版

# 撿走被人悔婚的千金，教會她壞壞的幸福生活

～讓她享受美食精心打扮，
打造世上最幸福的少女！～

2

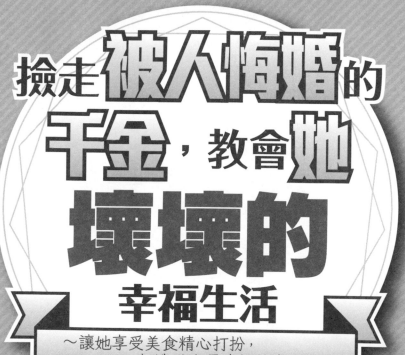

# 第一章 壞壞的扮家家酒



在夏季陽光照耀的庭院前。

夏綠蒂一臉認真地低吟。她穿著短袖上衣和長度有點短的裙子，打扮十分清涼，但她周遭的氣氛卻十分緊張。

「那麼……要開始嘍，小露。」

「嗷嗚！」

回應她僵硬話聲的，是小芬里爾。

牠鮮紅的雙眼發出燦爛的光輝，在陽光的照射下，白銀色的皮毛美麗地閃耀。

前陣子因為意料之外的事和夏綠蒂變要好的稀有魔物在她面前端坐著，等待她給出指示。

夏綠蒂深吸了一口氣後開口：

「首先是……握手！」

「汪唔！」

芬里爾將前腳放上夏綠蒂伸到面前的掌心。

「換手！」

「汪呼。」

「坐下！」

「嗷嗚唔。」

「趴下！」

「汪！」

芬里爾如實完成了所有命令。

做完一輪訓練後，夏綠蒂雙眼發光地揉揉牠的頭。

「好厲害！做得很棒呢，小露！」

「汪汪！汪呼！」

「真是驚人的速度啊……」

在一旁守望的亞倫，對此也只能嘖嘖稱奇。

他單手拿著《魔物師入門書》，翻了一頁。

從旅遊地點帶著芬里爾回來的隔天，他就去城鎮買了這本書，而最終章的內容是「讓親近的魔物聽從你的命令吧」。

夏綠蒂讀完這本教學書後，短短一個星期內就精通了所有內容。

「畢竟妳們第一次見面就能心靈相通了，對妳來說，這根本是小菜一碟吧。」

「厲害的不是我，是小露喔。請用，小露，這是獎勵。」

「汪♪」

夏綠蒂說著，把骨頭點心遞給芬里爾的幼獸——露。

既取了名字，也確實建立起了信賴關係，就魔物師的起始條件來說無可挑剔。

露一臉滿足地咬著骨頭，愜意地趴在地上。

雖然牠一開始因為離開父母，看起來有點寂寞，不過現在也完全適應這個家了。

「好乖好乖，今後夏綠蒂也麻煩妳嘍。」

「汪呼～」

亞倫摸摸牠的頭，露就瞇起眼睛，小聲地啼嗚。

雖然露願意信任他了，但是這反應比面對夏綠蒂時還冷淡一些，明顯有差別待遇。真有看人的眼光呢，亞倫如此心想，心情又更好了。

此時，夏綠蒂微微低下頭笑道：

「真的很謝謝你教我那麼多事情，亞倫先生。」

「沒什麼，妳不用介意，因為魔物也是我很感興趣的項目。」

對於她的道謝，亞倫落落大方地回應。

在前陣子的旅行中，亞倫等人被捲入了一點小騷動。

那時候，蘊藏在夏綠蒂身上的才華顯露而出。她有做為魔物師的才能，能和所有魔物心靈相通——在她的面前不只是芬里爾，就連蘊藏著凶殘力量，人稱地獄水豚的魔物都恭敬地低下頭。

『請您務必再來玩。若是夏綠蒂大人，吾等隨時歡迎您。』

『好的！地獄水豚小姐也請保重！』

『嗚哇……』

眾所皆知，地獄水豚雖然性情沉穩，但很少相信人類。

亞倫知悉其生態，所以看到牠鄭重且依依不捨地向夏綠蒂道別感到相當訝異。而他在回程的馬車中向夏綠蒂說明這件事後……夏綠蒂下定決心似的這麼說：

『我的力量是……能和魔物們變親近的力量對吧？那到底是什麼樣的力量呢？我想認真學看看。』

『嗯，那我就從基礎開始教妳吧。我對魔物學也略知一二。』

『真的嗎？那就麻煩你了！』

就這樣，亞倫當起了她的老師。

教導她魔物師特有的技能、存在於這個世界的魔物種類等知識。

一開始就教她太多也不好，因此現在還只是一天花一小時左右進行簡單的課程。縱使如此，夏綠蒂仍每天確實做好預習和複習，展現出驚人的成長。

她會確實複習曾做錯過一次的題目，下一次上課就能完美地回答出問題，還會自動自發地閱讀關於魔物的書。

如此積極向上的學生，亞倫教起來也很有成就感。

（能夠找到她有興趣的領域真的是件好事啊……）

亞倫撿到夏綠蒂時，她沒有任何興趣。

那樣的她，像這樣找到了能讓她主動積極學習的事，還會露出笑容。

這是當初難以想像到的變化。亞倫露出微笑，提議道：

「等到露更習慣這裡的生活後，妳也可以去參加看看魔物師大賽呢。」
「大賽……嗎？」
「是啊，那是馴服魔物的評選會，妳們兩個一定能獲得優勝的。」
「我、我不曉得能不能獲得優勝……不過，我有點興趣。」
「汪呼？」
夏綠蒂撫著露的頭，呆愣地陷入沉思。
她現在是個通緝犯。
雖然城鎮上的通緝令已有減少，但是加諸在她身上的懸賞金還在。
她應該避免做出引人注目的行動……但亞倫希望她能擁有遠大的目標。
無論如何，做決定的是夏綠蒂，亞倫只會為她安排好一切，視情況在適當的時機全力支持她。
「不過這件事可以慢慢想，我們先來慶祝『握手』成功了吧。」
「咦？慶祝嗎……？」
「汪嗚～？」
亞倫拉著一臉不解的夏綠蒂的手，來到庭院的一隅。露踩著輕盈的步伐跟了上去。
那裡……有一個正方形的小泳池。
雖然深度大概只到人的膝蓋處，不過清澈的水不斷湧進水池，看起來就十分清涼。
「接下來天氣會變熱，我想有個露專用的戲水場會比較好，就試著做了一個。」
不只是從地下水脈汲取水源，還有確實經過過濾，這些水乾淨到可以當作飲用水，所以能放心地玩耍。

聽到他這麼說明，夏綠蒂雙眼放光。

「好、好厲害！太好了呢，小露！」

「汪唔！」

露看來也相當喜歡。牠將前腳浸入水面，撥了撥水確認溫度，之後一口氣跳了進去。

「來，妳也一起進去，看看用起來如何吧。」

「好！」

夏綠蒂也脫下鞋子，跟著露進去。一人一芬里爾一開始小心翼翼地玩著水……不過露很快就適應了。牠全身浸泡到水中，接著甩動全身，濺出水滴。

「啊哈哈！小露，很冰啦！」

「汪呼～」

夏綠蒂和露嬉鬧玩樂的身影十分耀眼。

亞倫在樹蔭下望著他們，小聲低喃：

「真安穩呢……」

他知道，這不像他會說的話。

然而，他找不到其他更適合形容這個現狀的詞彙了。

真希望這一成不變的日常可以一直持續下去。他想著這般無關緊要的事情時——

「亞倫先生！」

「嗯？」
聽見自己的名字，他抬起頭，夏綠蒂笑容滿面地望著他。
「真的很謝謝你所做的一切！」
「怎麼現在還在說這種話。我不是說過了嗎？我要教會妳各式各樣的歡愉，戲水只是其中一件小事。」
「呵呵，不只是水池啦。」
夏綠蒂呵呵笑著，雙手十指交握。
「我最近都很期待早晨來臨，心想著亞倫先生今天會教我什麼有趣的事呢？明明以前……無論是早晨還是夜晚，我都只感到害怕。」
她的臉忽然蒙上一層陰霾。
不過夏綠蒂露出耀眼的笑容，像要揮開那道陰影。
「謝謝你，亞倫先生。我很慶幸遇到你。」
「……」
亞倫看著這樣的她，說不出話來。
他不禁凝視著那張在陽光下閃閃發亮的笑容，甚至就快烙印在視網膜上。
但他突然回過神，露出生硬的笑容搖了搖頭。
「雖然要道謝也可以……不過露在叫妳嘍。妳別理我，去陪牠玩吧。」
「哇啊！小露，等一下啦！」

「嗷嗚嗷嗚。」

露拉著她的袖子催促她，夏綠蒂就走進水池裡。

亞倫只能嘆氣。

「很慶幸遇見我……嗎……」

他按著心臟，感覺到稍微加快的心跳……再度嘆了口氣。

最近，亞倫感覺不太對勁。

和夏綠蒂說話時，心臟會突然劇烈跳動。

正在進行作業的手會停下來，思考完全停滯。

無法思考任何事情，甚至無法入睡。

只要看到她笑就很開心，看到她難過就快心碎了。她的一舉一動都擾亂著亞倫的心。

至今為止，他一直和戀愛情事沾不上邊。

亞倫對沉迷於異性、怠忽鑽研的同行嗤之以鼻，無法理解他們為何要為此耗費多餘的能量和寶貴的時間。

然而接連發生這麼多無法解釋的現象，就算是亞倫也開始察覺到。

（我果然喜歡夏綠蒂嗎……？）

仔細一想，打從一開始就很奇怪。

就算自己是濫好人，也不可能會這麼殷勤地照顧未曾謀面的女孩。只用「一見鍾情」這句陳腔濫調的話，就能說明一切。

然而——他不能承認。

（……若是我對這份情感有了自覺，會成為那傢伙的重擔。）

夏綠蒂總算開始改變了。

在這麼重要的時期，亞倫只能在一旁守護她。

若是他察覺到這份情感，一定會無法忍耐，會迫不及待地牽起她的手，大喊「我喜歡妳」才對。

夏綠蒂十分溫柔。

若是這樣，就算她沒有那個意思，應該也會回應亞倫的心意。而那就代表著開始靠自己的雙腳向前邁進的她，將再次變回沒有自我意志的人偶。

（那真的是……一件「壞事」。）

亞倫決定要教會夏綠蒂的，只有充滿這個世界的喜悅。

他絕對不想做出會阻礙她向前邁進的事。

所以亞倫決定要封印自己的情感。

纏上好幾層鎖鍊，將這份情感收進心底深處。

「好，我是夏綠蒂的監護人。就算我喜歡她，也是站在父親或哥哥的那種立場，絕對不能對她出手。若是做出這種事就乾脆地了結自己的生命。ＯＫ，好，這樣就好。」

他碎唸著自我催眠，並重新看向夏綠蒂。

接著……又迅速移開視線。

因為夏綠蒂的衣服被水打濕，變得相當透明，內衣的顏色完全顯露出來，而且本人壓根沒發現這件事。

理應被封印起來的感情馬上就快顯露而出。

但是亞倫用鋼鐵般的自制力踹飛了它，並以顫抖的聲音對她說：

「……夏綠蒂，妳差不多該起來了吧？雖說是初夏，還是會著涼的。」

「咦？哇噗！」

亞倫打了一個響指，憑空掉下一條浴巾。

夏綠蒂將浴巾蓋在頭上，露出笑容。

「好的。小露，妳還要再玩一下嗎？」

「唔嚕～」

「呵呵！那麼我就先出去嘍，妳慢慢玩。」

坐到水池旁，夏綠蒂擦起頭髮。

亞倫也來到她的身旁，將腳浸進冰涼的水中，世俗煩惱瞬間離他遠去。

當他平靜下來時，夏綠蒂微歪著頭問他：

「不過這個庭院非常寬敞呢，不用於更多用途嗎？」

「嗯……用來種田也不錯吧。」

庭院寬敞到可以再建一座宅邸。

但是目前亞倫只有使用一小角，栽培能當作魔法藥原料的各種藥草。畢竟家人也變多了，來栽種蔬菜或許也不錯。

「不過，這樣就必須大規模修整了。」

環視庭院的亞倫低聲說道。

他是在三年前買下這裡的，跟當時相比，雜草的勢力範圍更擴大了。

除草整地、剔除小石子等等……會有很多事情要做。

「這些再慢慢考慮吧。畢竟前任屋主似乎也幾乎沒有動過庭院。」

「在亞倫先生之前，這間宅邸也有人住過嗎？」

「是啊，雖然我沒有見過。」

亞倫若無其事地說。

「但是聽說大約在三十年前，前任屋主突然失蹤了。」

「…………咦？」

聽到可怕的詞彙，夏綠蒂僵住了身。但亞倫沒注意到這一點，望著盡情戲水的露，緩慢地續道。

據說三十年前，這間宅邸裡住著一位怪異的精靈。

她不上街也不與人打交道，被某個研究追著跑，只坐在書桌前，過著僅與紙筆為友的生活。

然而某天，她突然從宅邸中消失了。

是被自己製造出來的魔物吃掉了？

還是創造出了前往異世界的魔法，離開了這個世界？

又或是與男性人類墜入不被允許的戀愛，選擇了殉情？

「多虧這些傳聞，這間宅邸的價格比市價還便宜許多……呃，喂，妳怎麼了？」

此刻他才終於發現夏綠蒂一臉鐵青。

她吞了吞口水後開口：

「前、前陣子，我看了一本書……」

「什麼書？」

「這還用問，當然是……鬼屋的書啊！」

「啊……？」

亞倫只得不解地歪過頭。

夏綠蒂卻鐵青著一張臉，滔滔不絕地說：

「有個心懷遺憾去世的人變成幽靈，依附在房子上……！然後對來訪的人作怪！那、那是非常可怕的故事……！」

「這麼說起來，妳最近也會看大眾小說呢。」

最近不只是知識型書籍，夏綠蒂也會閱讀小說和一般教育的書。

亞倫也很鼓勵她，拓展世界是好事……但他不曉得她讀了什麼書。

「是、是的，因為置物間裡有各種書籍……那不是亞倫先生的書嗎？」

「那大概是那位失蹤精靈的東西。」

「咦咦咦？怎、怎麼辦？亞倫先生……我擅自動了精靈小姐的東西……她會不會變成幽靈、對我生氣！」

「那怎麼可能，我住在這裡大約三年了，完全沒遇過鬼魂那類的東西。」

看著不斷發抖的夏綠蒂，亞倫只能苦笑。

就算半夜傳出什麼聲響，大多都是風或野生動物。

他從沒見過什麼奇怪的靈異現象。

「而且，妳不用擔心。萬一有鬼魂出沒，我會驅除祂的。」

「咦？亞倫先生，你還會驅鬼嗎？」

「那當然。那種東西不過就是死者殘留下來的意念，哪敵得過活生生的人。」

確實有人發現到某些怨念能量強到驚人的鬼魂，甚至能咒殺生者，不過那十分罕見，而且這棟宅邸中也完全沒有這種氣息。

萬一真的有鬼魂，應該也只是徘徊於此，不會有危害。

「要是妳有看到就跟我說吧，我會讓祂們瞬間煙消雲散。」

「那、那樣也有點可憐……」

夏綠蒂臉色僵硬地含糊說著。

明明會怕幽靈卻同情祂們，很有夏綠蒂的作風。

亞倫輕聲笑了。

「是說，她又不一定是死了。像精靈這種長壽的種族，時常會因為一時興起而突然消失。我看她大概是對厭倦了在這裡的生活。」

「是這樣嗎……這個說法比較沉穩，不錯呢。」
「對吧？所以——」
「汪呼？」
此時，露發出疑惑的叫聲。只見牠在水池中叼著什麼，眉頭皺起，露出有些困擾的表情。
「怎麼了？小露。」
「嗷嗚～」
「噢……這是什麼？」
接住露扔過來的東西，亞倫不解地歪著頭。
那是個純白的香菇，和像手掌一樣大，菌傘的部分像球一樣圓潤。
仔細一看，水面上還飄著其他相似的香菇，畫面十分奇妙。
「是在地下叢生的香菇被汲取上來了嗎……？對了，露，妳可別不小心——」
吃下去喔。他想這麼說……就在這個時候。
啪噠！
「喂——！」
「唔……？」
女性的怒吼聲突然響遍整個庭院。
亞倫馬上護住夏綠蒂並轉頭看去……不禁瞪大雙眼，僵在原地。
因為他看到一個女人從地面探出頭來。

還以為她是被埋在地底，不過那裡似乎有道通往地下的密門。

略黑的肌膚，白銀色的秀髮。

她亮麗的容貌可說是位絕世美女，不過她戴著厚重的眼鏡，身上只穿著一件鬆垮垮的上衣，頭髮也亂糟糟的，似乎是毫不講究儀容打扮的性格。

不知道為什麼，她瞪著亞倫等人，彷彿在看弒親仇人。

她轉向這邊，以食指直指著他。

「偷走我重要食糧的，就是你們吧！」

「食糧…………？」

亞倫握著手上的香菇，只能重複著她的話。

◇

「哎呀～剛剛嚇到你們了，真是不好意思。」

「是……」

「呃……？」

亞倫和夏綠蒂只能面面相覷，含糊地回答。

兩人身在庭院中的地下室。

爬下繩梯後，一間小小的房間映入眼簾。

裡面有書架、床鋪和小小的書桌。房間的角落堆著簡單的烹飪用具，更深處似乎還有栽培香菇的房間。

魔力的照明光芒明亮，雖然狹窄卻是個舒適的空間。

邀請兩人入內的女人滿臉笑容地遞出杯子。

鬆垮垮的上衣被拉長到極限，甚至能遮住臀部，除此之外，她什麼都沒有穿。比起性感，就只是單純又邋遢罷了。

「要喝我特製的香菇湯嗎？還挺好喝的喔。」

「不，不勞費心了……」

她遞來的杯子裡，盛滿了會因光線變成紫色或紅褐色的神祕液體。飄散著苦澀又酸甜的氣味，像水果放置在大太陽底下好幾天後散發出來的味道。

雖然他有點好奇為什麼能將毫無氣味的白色香菇做成這樣的液體，但是他沒有勇氣試毒。夏綠蒂也同樣沉默地別開了視線。

順帶一提，露留在地面上看家。似乎是這個地下室會散發出來路不明的臭味，牠一本正經地搖頭拒絕了。老實說，亞倫也不想來，但別無他法。

那個女人收拾好杯子，聳了聳肩。

「那麼，亞倫先生……是嗎？因為你們在地面上建造了水池，害我的香菇被汲取上去了。雖然我知道你們不是想偷我的香菇……但這樣真的很讓人困擾。」

「關於這件事，我先向妳道歉……」

亞倫微微低下頭。

糟蹋了她的食糧這件事似乎是事實。

但是……亞倫有一大堆問題，迎面瞪向女人。

「……妳這傢伙到底是什麼人？」

「嗯啊？這麼說來，我還沒自我介紹呢。」

女性挺起胸膛，報出姓名。

「我是德洛特雅．格里．姆．瓦倫絲坦，你們就叫我德洛特雅小姐吧！」

「不，我不是在問這個……我是說，妳是什麼時候開始住在這個地下室的！」

照房間的模樣來看，她不是只住在這裡一、兩天。

若是庭院裡有可疑人物進出，亞倫會憑氣息察覺。畢竟現在還有夏綠蒂在，他不打算放鬆警戒。

但卻出現了這個可疑人士，要他不懷疑才難。

「該不會真的是……依附在宅邸中的幽靈？」

「咿呀……！果、果然存在……！」

夏綠蒂害怕地抱住亞倫的手臂。這突如其來的接觸讓亞倫的心臟差點停止，但他用鋼鐵般的意志堅持下來。

「幽靈？你們在說什麼～？」

另一方面，女人——德洛特雅卻只感到疑惑。她雙臂環胸，陷入沉思。

「不過，你問我是從什麼時候嗎……其實我完全不曉得耶。」
「不知道是什麼意思？」
「因為我必須躲避一些人，所以一～直躲在這裡。話說，有問題的人是我才對。」
德洛特雅直盯著亞倫。
「你們才是，到底是誰啊？為什麼會在這裡？」
「妳問我們是誰，我們是上面宅邸的住戶啊……」
「什麼？這裡是我家耶！你們憑什麼擅自住下來啊！」
「妳在說什麼莫名其妙的話……唔，等一下。」
此時亞倫猛然驚覺一件事。
仔細一看，隱藏在德洛特雅亂糟糟的頭髮下……那雙耳朵如竹葉般細長尖銳，很明顯不是人類。那對耳朵肯定是——
「妳該不會……是三十年前失蹤的前任精靈住戶吧？」
「咦咦咦咦！」
「三十……年？」
德洛特雅睜大雙眼。
不過她馬上撫著下巴，感慨地碎唸道：
「喔～原來已經過這麼久了啊，難怪外面的景色有點不一樣了。」
「妳、妳說三十年……！但是德洛特雅小姐不管怎麼看，都和亞倫先生年紀相仿啊？」

「畢竟精靈的老化速度極為緩慢……」

因此，精靈對時間的感覺和人類有相當大的差異。

對她來說，三十年大概是轉瞬即逝。

「妳該不會這三十年來……都在這裡吃香菇過活吧？」

「是啊，因為我們精靈族的燃料費少得離譜啊。」

德洛特雅一臉若無其事地炫耀道：

「再加上我是精靈中被稱為菁英的暗精靈，只要吸收空氣中的魔力，不吃不喝也能輕鬆活過一百年。」

「一百年！精靈真是厲害！」

「不，我是聽說過真的有人辦得到啦……」

與坦率表達欽佩之情的夏綠蒂相反，亞倫只能皺起眉頭。

精靈是依靠自然生存的種族。

他們主要在森林深處建造聚落、生活，也會從花草分得生機。

但他們是生物，雖說是蔬食主義，卻也會確實進食。

要不吃不喝活過百年……這種絕技，只有力量相當強大的高階精靈才做得到。

而且暗精靈也是在精靈族中最稀有的一種，並以此為傲。

就連亞倫也是第一次親眼見到。

（這樣的人竟然被迫隱居三十年……到底有什麼內情？）

實在太可疑了。
不管一臉懷疑的亞倫，德洛特雅微歪了歪頭。
「是說，已經過了三十年……我在地面上該不會被當成失蹤人口了吧？」
「唔……確實是這樣……」
亞倫只能別開眼。
（這樣啊……！若是前任住戶還住在這裡，情況會非常不妙……！）
這件事情肯定會扯到法律訴訟，甚至有可能鬧上法庭。
最糟的情況下，亞倫他們可能必須離開這間宅邸。
雖然可以拿到房仲提供的一點慰問金……但問題不在錢。
這間宅邸正好適合讓身為通緝犯的夏綠蒂居住。這裡離城鎮很遠，也很少有人來訪，而且她好不容易適應了這裡的生活，要她搬到別的地方太可憐了。
話雖如此，另外在森林裡建造房子也稱不上是好點子。
夏綠蒂一定會為了鉅額建造費煩惱。
既不能搬家，又不能蓋新房子。
這麼一來，亞倫就只剩下和對方交涉的方法了。
「欸，德洛特雅，我有事要和妳商量……」
「什麼～？」
亞倫簡略地和她商量，希望她能把宅邸讓給他。

德洛特雅低吟著思考了一會後，很爽快地點了點頭。

「可以啊，因為這個地下室比較適合我，宅邸就隨你們使用吧。」

「幫、幫大忙了。那麼我再跟妳詳談金額……」

「不了，我不需要錢。」

「啊？」

亞倫瞪大雙眼，夏綠蒂則歪了歪頭。

來回仔細看了看兩人的表情後，德洛特雅撫著下巴。

「嗯嗯，自大驕傲的青年和惹人憐愛的少女……這個組合非常有趣呢，我的感應器都鈴聲大噪了。」

「妳到底在說什麼……？」

「沒什麼，我想提個小小的交換條件。」

說著，德洛特雅露出有點奇妙的神情。

「其實我有一個小煩惱，就是因此躲了三十年之久。只要亞倫先生能幫我完美解決，不論金額多少，宅邸都給你。你覺得如何？」

「……我覺得用金錢交易比較迅速又方便耶？」

亞倫只能半瞇著眼，一臉不情願。

這可是讓精靈躲了三十年的煩惱，肯定是很棘手的事情。

不過，此時夏綠蒂輕輕拉了拉亞倫的袖子。

「那個，亞倫先生，德洛特雅小姐看起來很煩惱……你能不能幫幫她？」

「話雖這麼說……但肯定很麻煩啊。」

「我、我也會幫忙的！雖然不知道我能幫到什麼忙……」

夏綠蒂握緊拳頭，展現出幹勁。

她似乎無法放任有煩惱的人不管。

被那認真的眼神注視著，亞倫就心軟了。

亞倫猶豫了片刻後，搖了搖頭，嘆了口氣。

「好吧，我知道了……先讓我聽聽看是什麼事吧。」

「真的嗎？謝了！既然夏綠蒂小姐也爽快答應了，事情就好談了！」

「我也能幫上什麼忙嗎？」

「反倒是沒有妳在就沒辦法開始喔～」

德洛特雅只堆出滿臉笑容。

亞倫對此感到難以言喻的不安，只能冷眼看著她。

「所以，我們到底該做什麼？」

「呵呵呵～……那還用說嗎？」

德洛特雅不知從何處拿出了筆記本和筆。

她用筆尖指著兩人——得意洋洋地宣示：

「來，請你在我面前盡全力和夏綠蒂小姐打情罵俏！這也是為了稀世小說家，德洛特雅小姐的新作！」
「啥！」
「什麼！」
不光是亞倫，夏綠蒂也發出驚叫。

◇

「…………那個——」
「…………嗯。」
在一如既往的客廳，一如既往的沙發上。
亞倫和夏綠蒂和往常一樣，並肩坐著。
不過他們沒有啜飲紅茶，也沒有歡談，只是靜靜地僵在原地。
就算想聊點什麼，到頭來腦中仍想不到任何話語，只能靜默，他們甚至沒辦法看向彼此。而一直持續這個狀態的結果，就是毫無意義地持續著剛才那樣的對話。
在類似拷問的沉默中——
「卡卡卡————！」
響亮有力的聲音響遍屋內。
踩出腳步聲亂入的當然是德洛特雅。她激動地跺腳，喋喋不休地說：

「我是叫你們打情罵俏啊！結果你們卻靜默不語！就連初次見面的男女都能比你們更隨意地聊天！」

「就算妳這麼說……對吧？」

「是、是啊……」

兩人只能僵硬地看向對方。

在不遠處的陽光下，露正趴在中意的毛毯上睡著午覺。牠一臉困擾地瞥了他們一眼，卻又馬上閉上眼睛回到夢鄉。亞倫打從心底羨慕牠。

德洛特雅雙臂環胸，嘴裡低吟。

「你們不要太在意對方，像平常一樣比較好。我又沒有叫你們在我眼前接吻。」

「接、接吻……！」

夏綠蒂不禁僵住身子。

亞倫的心跳雖然也用力顫了一下，但成功勉強保持清醒。

「不，那個……德洛特雅，我覺得妳好像有很大的誤解……」

他怯懦地舉起手，支支吾吾地說：

「我們……並不是……那種……關係……喔。」

「什麼～？」

德洛特雅顯而易見地皺起眉。

她注視著兩人……接著拍了一下手。

「原來如此，是這種發展啊！所謂讓人心癢難耐的雙向暗戀龜速戀愛喜劇。」

「心、心癢……？」

「你們別在意，這是我們的專業用語。哎呀～那樣也不錯呢。」

德洛特雅笑咪咪地在筆記本上寫下什麼。

她看起來很開心是很好，但感覺不怎麼正經。

看著這樣的她，夏綠蒂忽然驚覺似的拍了一下手。

「該不會放在置物間裡的書是……德洛特雅小姐寫的書？」

「啊，被看到了啊～沒錯喔，驚悚、懸疑、歷史書籍，我是什麼都寫的全方位作家。」

德洛特雅瞇起眼，望向遠方。

她受到人類的文學感化，獨自離開了精靈的家鄉。

她第一次撰寫的稿件很幸運地獲得出版社的關注，並出版了出道作品。

在那之後也不斷創作出許多作品。

她細細陳述著這半輩子後……忽然別開眼。

「不過，正當我想撰寫戀愛小說的新作品時，卻陷入了超嚴重的瓶頸期。截稿日步步逼近，我卻一個字都寫不出來……所以就躲進那間地下室了。哎呀～真是懷念啊。」

「這只是我的猜測，不過妳……不會是為了躲過截稿日，窩在地下室三十年吧！」

說好聽一點，也是個人渣。

亞倫翻了個白眼，但德洛特雅毫不介意。

「因為我的責任編輯超級可怕啊～要是被他看到全白的稿紙，我絕對會被他扔到海裡！」
「妳就那樣變成海裡的浮游生物消失，對我來說反倒比較輕鬆啊……」
「啊哈哈！亞倫先生真是的，好有趣～原來你能擺出那麼可怕的臉說笑啊！」
德洛特雅咯咯笑著。
亞倫感到火大至極，但因為還有宅邸的問題，他咬牙忍下想把她趕出去的衝動。
「不過都過了三十年，我的瓶頸期也到此為止了！」
德洛特雅伸出食指，指著亞倫兩人大喊。
那雙眼散發出燦爛的光芒，釋放出猶如掠食者的威壓。
「看到你們兩位，我就有了靈感！這個配對肯定能當作下個作品的參考！所以，麻煩你們快點打情罵俏！」
「就說我們不是那種關係了……」
「那用演的也可以！就是這樣，拜託你們了啦～！」
「就算妳這麼說……」
亞倫不禁語塞。
就算要他們打情罵俏，他也不知道該怎麼做。
更不用說亞倫才剛將自己對夏綠蒂的情感封印起來。要是受到刺激，那份情感就會浮上水面，這麼一來……一定會演變成無法挽救的局面。
此時，他忽然想到一條活路。

他拍了拍夏綠蒂的肩。

「不，我們還是拒絕！我想夏綠蒂應該也不喜歡！」

「咦？我、我嗎？」

「是啊，要和不喜歡的男人假扮成戀、戀人……太強人所難吧？」

若是正常女性，肯定會不願意才對。若是他的繼妹艾露卡，她大概會一臉正經地拒絕：「啊？就算能得到金銀財寶，我都不可能答應。」

不過，夏綠蒂愣了一下後……微微低下頭。

接著，她用細如蚊蚋的聲音說：

「呃……我不、不討厭喔。」

「看吧，夏綠蒂都這麼說…………啊？」

他無法馬上理解她的話。

像個生鏽的機關人偶，緩緩地轉頭看向夏綠蒂。

她的雙頰微微透著紅潤，夏綠蒂緩緩抬起頭，抬眼看著亞倫——

「若、若是和亞倫先生，我完全不討厭……呃，亞倫先生！」

咚！

誇張的巨響響遍客廳。

亞倫用盡全力、狠狠地一頭撞上附近的牆壁。

多虧於此，露站起身，「嗷嗚！」地大聲抗議。

夏綠蒂慌慌張張地跑到蹲在地上的亞倫身邊。

「你怎麼了？亞倫先生！你沒事吧？」

「啊～……抱歉，我只是差點失去理智，所以採取了緊急措施。」

「到底發生了什麼……你的額頭都變紅了耶！」

「啊……喔，嗯，沒問題，我沒事。」

雖然多虧他一頭撞上牆，稍微冷靜了下來，不過看到夏綠蒂一臉擔憂地望著自己，他的心臟劇烈地奏響。全身發燙到就快噴出火來，呼吸也開始變得相當紊亂。

本來應該被牢牢封印住的情感，隨時都會滿溢而出。

（糟了……！連應急的緊急措施都沒有用嗎……！）

這樣就算讓心臟停止跳動也沒有用吧。

而德洛特雅不顧動彈不得又痛苦的亞倫，高聲歡呼。

「呀呼——！我的戀愛喜劇感應器果然沒有壞掉！這麼純真的真人戀愛喜劇，就算花大把鈔票也不一定看得到啊——！」

她就這樣興奮地尖叫，並如怒濤之勢在筆記本上寫下文字，看起來十分愉悅。亞倫感覺到強烈的殺意，但以鋼鐵般的意志想盡辦法忍了下來。

德洛特雅振筆疾書寫了一陣子後，看向亞倫露出賊笑。

「那麼，夏綠蒂小姐似乎沒有問題喔，亞倫先生呢？」

「什麼……如何？」

「假扮戀人。你不喜歡嗎？」

對於她賊笑著拋出來的問題，亞倫不禁咬牙屏息。

這個問題太卑鄙了。他非常清楚在自己說出「不喜歡」的瞬間，夏綠蒂會受到傷害。

然而，他也不敢斷言自己「想和她假扮戀人」。在說出口的瞬間，似乎就會有什麼東西結束。

亞倫考慮再三後……

「呵！既然這樣……」

帶著覺悟，他對夏綠蒂露出爽朗的笑容。

「這種重返童心的扮家家酒……也算是壞壞的事啊！」

「是、是這樣嗎？」

「那當然！所以我們姑且來試試看吧！這只是遊戲，別無他意，所以儘管來吧！懂嗎！」

「……雖然不是很懂，不過好像讓你逃掉了。」

德洛特雅嘖了一聲。

不過，這樣就暫時撐過去了。亞倫鬆了口氣。

（接下來就隨便應付吧……畢竟要我們假扮戀人是不可能的……）

夏綠蒂似乎也不討厭扮家家酒，不過她方才幾乎和亞倫一樣僵硬。

就算想假扮成戀人，也完全沒辦法做出行動吧？萬一被積極進攻……亞倫完全無法想像自己會怎麼樣。

總而言之，就表現出往常的態度吧。

就在他如此下定決心時，德洛特雅語氣隨意地開口：

「那麼一切都沒問題了，接下來請兩位按照我的指導打情罵俏。」

「什麼！」

簡直是晴天霹靂。

然而，德洛特雅很乾脆地說：

「這是當然的吧～要是等你們主動打情罵俏，我這個精靈也會等到老死。」

「那麼慘嗎！甚至讓代表長壽種族的精靈說出這種話！」

他還想以為……若是多花一點時間，多少都能成功才對。

不過，這種情勢非常糟糕。他之前還以為彼此都沒辦法主動做些什麼，所以十分放心。

然而，若是有第三者……還是這個德洛特雅的指示，她絕對不會輕易放過他們。

（但是，要是不服從就會被趕出房子……）

這也是逼不得已。

亞倫萬分悲慟地搖頭。

「好吧……我會聽從妳的指示，但是！」

他將夏綠蒂護在身後，站到德洛特雅面前，用食指直指著她。

「我們會堅決拒絕違反善良風俗的行為！唯有夏綠蒂的尊嚴，我絕對會死守……！」

「我的下一個作品是純愛小說，不會拜託你們做下流的事情啦。」

德洛特雅不正經地笑著。

讓人無法信任也該有個限度。

她不理會瞪視著自己的亞倫，繼續說下去：

「總之，先從設定開始講起吧。嗯～順帶問一下，你們兩位是什麼關係？」

「這個嘛，姑且算是雇主和女僕吧……」

亞倫省略細節，大略告訴她兩人相遇後，這兩個月來發生了什麼事。

「同住在一個屋簷下……？那為什麼這樣還沒有發生任何事……太猛了吧，現代人類……」

在這期間，她還說出嘲弄的喃喃自語，不過他不予理會。

德洛特雅雙手環胸思考片刻後，拍了一下手。

「好，那就這樣吧。你們兩人經歷了曲折，在三天前開始交往了。」

「喔……」

「從三天前……？」

「好啦好啦，姑且先這樣。請兩位坐下來。」

受到德洛特雅催促，兩人並肩坐上沙發。

這樣情況就和先前一樣了。

兩人疑惑地面面相覷，而德洛特雅在他們身後像在朗誦詩詞一般，朗聲說道：

「好了，這是最關鍵的設定，你們兩人從很久之前就喜歡著彼此，卻沒有勇氣向前一步，所以無法將心情告訴對方。」

「沒有勇氣……」

德洛特雅的言語十分刺耳。

亞倫封印了對夏綠蒂的心意。

那是為她著想而做出的選擇……但是，真的只是這樣嗎？不單純是因為他懦弱嗎？就連亞倫自己都看不清自己的內心。

雖然知道這是扮家家酒的設定，亞倫仍逐漸沉浸於德洛特雅的話中。

「某天，夏綠蒂小姐被捲入了事件，在亞倫先生面前被擄走了。」

「什麼……！」

「我、我會怎麼樣呢……？」

「當然會被亞倫先生救出來嘍！但是有許多的障礙阻擋在前──」

在心驚膽戰的夏綠蒂催促，德洛特雅繼續闡述。

那個冒險故事不像是即興創作，高潮迭起，亞倫也不禁聽得入迷。接著，故事終於順利迎來結局。

「就這樣，亞倫先生重新認知到自己對夏綠蒂小姐的情感。救出她後向她深情告白，兩人就順利在一起了。就是這樣的設定！」

「順利……」

「在、在一起了……」

不愧是小說家。聽著德洛特雅的故事，亞倫此刻的心境彷彿真的被捲入了事件，並且告白成功了。

夏綠蒂也滿臉通紅地僵在原地。

「然後今天是在一起的三天後！騷動平息，終於能兩人單獨度過平穩的時光。」

「妳趁機塞了很多設定呢……」

而且，還是光聽就讓人面紅耳赤的情境。

（在這麼可怕的設定下，我們究竟會被要求做些什麼啊……？）

要是她要亞倫低喃愛意或告白，他的心臟肯定會爆炸。

亞倫帶著赴死的覺悟開口：

「那麼……我們該怎麼做才好？」

「那還用說，在剛剛那些設定上……」

德洛特雅滿臉笑容，這麼說：

「我希望你們握著彼此的手，深情對望。」

「……啊？」

「要我們握著手……真的只要這樣就好嗎？」

「是啊！先麻煩你們這樣！」

聽見亞倫的疑問，德洛特雅果斷地點頭。

「咦？咦？……咦咦咦咦！」

不知為何，夏綠蒂十分動搖，亞倫卻鬆了口氣。

握著對方的手，看著對方的眼睛說話。

這種事情，他們至今已經做過很多次了。

（什麼啊？前言那麼長，要求卻很簡單呢。）

他這麼心想，毫不猶豫地付諸行動。

「既然這樣，我們迅速解決吧。」

「咿啊……！」

他輕輕握住夏綠蒂放在自己身旁的手。

帶著熱度的纖細指尖完全被亞倫握入掌心。雖然有點難為情，不過這點程度他還能忍受。

藏在心底深處的禁忌之盒大概也不會失控。

他擺出一派輕鬆的態度，然而——

「來吧，看向我，夏綠……」

就在他看著夏綠蒂的瞬間，亞倫僵在原地。

「呼嗚嗚……」

夏綠蒂面紅耳赤地注視著亞倫。

她睜大的雙眼水潤，反射著從窗戶照進來的陽光，比平時閃耀動人。

柔軟的雙唇中流瀉出極為甜美的氣息。而那道氣息撫過亞倫雙頰的瞬間，心臟劇烈地顫了一下。

他全身的熱度都集中到臉上，變得比夏綠蒂還要紅。握著她指尖的掌心緊張得微微顫抖，更奪走亞倫的思緒。

「好了～設定是在兩人心意相通之後喔……只是這樣握著手也不太對吧？」
占據在沙發前方的惡魔壞笑著低語。
「如何？亞倫先生，你的感想是？」
「呃、啊啊……」
握著手，相互凝視。
明明只是這麼簡單的動作，卻不斷湧現幸福感，像要將所有思緒連根剷除。
「……還、不錯呢。」
「啊——！反應很棒！那麼夏綠蒂小姐覺得如何？」
「呃、那……那個，這個……」
被德洛特雅逼問，夏綠蒂滿臉通紅地驚慌失措。
她用水汪汪的雙眼向上望著亞倫，擠出細微的聲音——
「有心……心跳加速的感覺。」
「唔………！」
那一瞬間，宛如被雷電擊中的衝擊貫穿亞倫的頭頂。
好可愛。
又惹人憐愛。
好想立刻抱住她。
不符合亞倫作風的情感開始湧現，無法遏止。

（這種事……我當然做不到啊！）

亞倫終於乖乖放棄，在心裡大喊。

與此同時，本來被嚴密封印的禁忌之盒氣勢如虹地躍上來，蓋子輕易地被打開，塞滿盒子的情感滿溢而出，就像要沖刷掉世上所有一切的大洪水。

亞倫終於察覺到自己的心意，並承認了。

他……喜歡夏綠蒂。

遭到奔騰的情感翻弄，亞倫呆愣地望著夏綠蒂。

「呼～呼～！妳說心跳加速，具體來說是什麼樣的感覺？」

「那、那個……我不知道該怎麼說才好……」

受到德洛特雅催促，夏綠蒂乖乖斟酌用詞。

「至今我只體會過恐懼的心跳加速……但這是既溫暖又令人開心的心跳加速……吧。」

「呀呼——！妳這番話非常棒耶！我收下了！這麼一來，我肯定能迅速寫完新作！」

「是、是嗎？雖然我不是很懂……但如果有幫上忙就好。」

說完，夏綠蒂輕輕勾起微笑。

那個笑容刺上亞倫的心。

她前半生明明絕不能說是幸福，卻能打從心底為他人而笑。他強烈地受到這份強韌吸引。

一旦承認後，他的心就不再猶豫。

他喜歡她的聲音。

喜歡她的笑容。
喜歡她小巧的手。
喜歡和她一同度過的時光、隨意交談的話語、突如其來的沉默……一切都彌足珍貴。
夏綠蒂說和亞倫牽手，會讓她的心跳加速。
亞倫也完全一樣。他的心臟高聲跳動，隨時都會爆炸。
既然如此，夏綠蒂應該也……抱著和亞倫一樣的心情吧？
（若是兩情相悅，那就無需顧慮了……！這下子，只能向前衝了吧！）
亞倫之所以決定封印對夏綠蒂的心意，是因為不希望成為她的重擔。但倘若她也抱著相同的心意——若是她也喜歡亞倫，那就沒問題了。
慎重、觀察情況等詞彙不在他的字典裡。
當機立斷。一旦決定要做，就一不做，二不休。
這就是亞倫・克勞福德這個男人。
「夏綠蒂！」
「咿呀！」
因為亞倫突然大喊出聲，夏綠蒂的肩膀顫了一下。
不過她似乎馬上發現到亞倫的神情認真，微微歪著頭。
「那、那個……什麼事？亞倫先生。」
「我有很重要的事情要跟妳說。妳聽著，夏綠蒂！我對妳——」

正當他要一決勝負的時候——

砰————！！

突如其來的巨響和沙塵襲向客廳，打斷了他一生一世的告白。

「咳咳、咳咳……！什、什麼……？」

「咿、咿咦咦……！」

他將夏綠蒂抱在懷裡保護她，並看向聲音傳來的方向。

定睛一看，家裡的牆壁被打破一個大洞，而站在陽光灑入處的……未曾謀面的人。

一名身穿黑色西裝的青年板著一張臉，撫過一頭黑髮。

看到呆愣的亞倫兩人，他有禮地低下頭。

「我感知到氣息便前來了。不好意思，突然來訪。」

「啊……？」

亞倫與夏綠蒂都只能眨眨眼。

然而，德洛特雅的反應不同。

「出、出……出現了啊啊啊啊啊啊啊！」

她如此尖叫出聲，想如脫兔般逃跑時——

「別想逃。」

「啊嗚！」

挨了迅速繞到她面前的青年一記手刀，德洛特雅應聲倒地。他就這樣不知從哪裡掏出繩子，迅速將她綁了起來，手法十分熟練。
此刻明顯發生了案件，亞倫卻沒有出手相助，靜靜在一旁看著。
俯視著像毛毛蟲一樣倒在地上的德洛特雅，青年淡淡地開口：
「好久不見了，德洛特雅老師。三十年四個月又十天沒見了呢。」
「是、是啊……是……好久不見了呢，約爾先生……」
「唉，沒想到您會在我催稿的隔天鬧失蹤，那是我作為責任編輯一生中最大的失誤。」
真是的。青年誇張地聳聳肩，表情肌肉卻紋絲不動。
「我翻遍了精靈村莊，卻沒想到您就在自己家裡，是我疏忽了。」
「啊哈哈……因為為了不被約爾先生發現，我對躲藏的地下室施加了嚴密的封印啊。無論你再怎麼厲害，都感應不到我的氣息才對！很厲害吧！」
「要是您願意把這份力氣用來寫稿，我也不用白費三十年的時光了。」
「咿咿咿咿咿咿！對不起！對不起啦～！」
德洛特雅終於不禁開始哭哭啼啼。
但是，這不管怎麼想都是她自作自受，因此亞倫毫不同情她。
「驚擾各位了。這是牆壁的修理費用，請收下。」
「喔……」
青年將一個厚厚的信封交給亞倫，輕喝一聲就把德洛特雅扛起來。
根本是擄人現行犯，也因此，德洛特雅聲音沉痛地呼救。

「不要啊啊啊啊！請救救我，亞倫先生！再這樣下去，我會被扔到海底的！」

「您在說什麼傻話？我怎麼可能會對重要的負責作家做那種事情。」

「咦？真的嗎……？什麼嘛，約爾先生在這三十年也變得圓滑許多——」

「扔入海底太輕鬆了，首先就從火山口開始吧。」

「會死！我這個精靈碰到岩漿也會死啦！」

「哈哈哈。作家應該要體驗過所有事吧？」

「在火山口瀕死的體驗要怎麼活用在戀愛小說裡啊！」

青年扛著不斷大叫的德洛特雅，穿過牆上的大洞，毫不留戀地離開了。接著幾秒後，兩人從窗戶看見一隻巨大黑龍叼著人影飛離的背影。

露仍睡得很熟，看來牠早已習慣無謂的騷動了。

多虧於此，客廳一下子寂靜無聲。

亞倫仍呆滯地站在原地，此時細小的聲音傳入他的耳中。

「那、那個……亞倫先生……那個……」

「咦……啊，對了，抱歉。」

他發現自己一直摟著夏綠蒂。

亞倫僵硬地退開，也放開手。夏綠蒂紅著一張臉發愣，不久後像忽然想到似的微微歪頭。

「呃……剛才你要跟我說什麼呢？」

「不……算了。」

就算是亞倫，也沒辦法在這種氣氛下說出口。
他深吐出一口氣，摀住臉。雖然十分疲憊，卻完全不失望。
雖然告白失敗了……但是還有很多機會。
（有人來攪局反倒正好，我不該這樣順勢告白……要更用心地準備。）
浪漫的景色。
飽含心意的禮物。
讓人怦然心動的話語。
他要做好準備，讓告白成功。
亞倫如此下定決心。
「妳聽我說，夏綠蒂。」
「是？」
「我決定好了，所以……妳再等我一下。」
「好、好的……我知道了？」
面對認真的亞倫，夏綠蒂只呆愣地睜大雙眼。

# 第二章 壞壞的事和壞壞的告白

那天，亞倫一行人來到鎮上的冒險者公會。

在寬敞的屋內有從地下城歸來的人、尋找委託的人，還有人正在請人評定從怪物身上取下來的素材，十分擁擠。

最裡頭也有附設酒吧，不遺餘力地榨乾冒險者的報酬。

「哇啊……有很多看起來很強的人呢。」

「……嗷嗚。」

為了外出將頭髮染黑的夏綠蒂深感興趣，露則戒備地環視四周。亞倫曾來過這裡許多次，但這還是第一次帶他們兩個來。

「咦？這不是大魔王先生嗎？」

「嗯……什麼啊，是你們啊。」

正當他面露慈愛地看著他們兩個，酒吧那邊有人向他搭話。

轉頭看去，角落聚集了一群熟面孔。

有梅加斯率領的岩窟組，以及葛羅率領的毒蛇之牙（Serpent Fang）一行人……加起來大約有三十人。

他們是以前在鎮上發生諸多事情時，被亞倫揍得鼻青臉腫的惡棍集團。

岩人族的梅加斯大概是因為身體比人類巨大，直接坐在地上並舉起一隻手；有隻寵物毒蛇纏在脖子上的葛羅也模仿他，朝亞倫揮手。

其他小混混看到亞倫的臉，則一起從位子上站起來，低下頭。

「您好！今天也辛苦了！」

「女神大人也過得好嗎！」

「今天又更加美麗……呃，那個魔物該不會是芬里爾……？」

其中一人注意到露，大喊出聲。

多虧於此，眾人的目光一下子聚集在他們身上。夏綠蒂害怕目光便躲到亞倫背後，露則開始低吼。

亞倫輕輕拍了拍露的頭，聳聳肩。

「這傢伙是夏綠蒂的朋友，我們今天是來考同行證的。」

魔物師並不能隨便帶著服從自己的魔物上街。

若是還沒完全訓練好的魔物進入城鎮，可能會招致最糟的事態。

因此，要將魔物帶到冒險者公會接受審查，確認是否有危險、是否一定會遵從主人的命令等項目，之後才能獲得帶魔物隨行的許可證。

「什、什麼時候收服了這麼了不起的魔物……」

「不愧是女神大人！」

「才、才沒有這回事。」

夏綠蒂困擾地垂著眉尾笑了笑。似乎稍微冷靜了一點。

亞倫指向裡頭的窗口。

「喏，窗口在那邊，我已經跟他們說過了，妳直接過去吧。」

「好、好的，我會加油！我們走吧，小露。」

「嗷嗚嗷嗚～！」

於是，他們在周遭眾人的注目之下鼓起幹勁，走向窗口。這項審查是大約要花一小時的正式考試，不過夏綠蒂和露應該能毫無問題地通過。

目送他們離開後，亞倫正打算離開，但是梅加斯叫住了他。

「等一下啦，這樣大魔王先生應該很閒吧？」

「偶爾一起喝一杯吧！」

「從大白天嗎……？」

亞倫不禁皺起眉。

他原本打算在等待夏綠蒂他們時去書店看看的……但他忽然改變想法。

「算了，聽聽你們的意見也不錯。」

「咦咦～什麼？真難得耶。」

「沒什麼，不是什麼大不了的事。」

亞倫坐到梅加斯身邊，一行人便好奇地湊上前。

雖然至今亞倫常命令他們做雜事，或是以訓練的名義狠狠教訓他們一頓，但是他不曾詢問過他們的意見，也是因為這樣才引起了他們的興趣吧。

亞倫啜飲了一口他們幫忙倒的劣等酒，以輕鬆的口氣問：

「其實我差不多想向夏綠蒂告白了，但你們覺得哪種情境比較好？」

咚！匡啷！啪————！！

桌子碎裂，酒瓶飛過空中，在場的所有惡棍都跌倒在地。

面對這突如其來的慘劇，亞倫不由得微微瞪大眼。

「你們突然間怎麼了？已經喝那麼多了嗎？這可不行，要喝酒也不能喝太多啊。」

「你的那句話害我的酒都醒了啦！」

大摔一跤而打碎桌子的梅加斯喊出近似尖叫的吐槽。其他人也搖搖晃晃地站起身，不知為何用害怕的眼神看向亞倫。

葛羅一邊安撫著闔不上嘴巴、全身僵住的蛇，膽怯地開口問：

「呃，我就問問當作參考……你說要向女神大人做什麼告白？」

「當然是愛的告白啊？」

「這、這個人竟然大方承認了……！」

總之，所有人一起整理完這一帶後，再次圍著亞倫展開會議。

雖然亞倫自掏腰包幫所有人準備了另一杯酒，不過沒有人想拿起來喝。

所有人都陷入沉默，營造出宛如守靈的氛圍。

亞倫皺起眉頭，狠狠地瞪向他們。

「怎麼？我向夏綠蒂告白，會對你們這些傢伙造成什麼困擾嗎？」
「該說是困擾嗎……」
「老實說，這個發展在我的預料之外……」
梅加斯和葛羅嚴肅地面面相覷。
其他小嘍囉也竊竊私語，交頭接耳。
「喂喂……有人賭他們發展這麼快的嗎……？」
「不，我記得最快的是賭三年後。」
「我還把所有身家都押在大冷門『十年後一時衝動，不小心出手後負起責任』耶……！」
「你們幾個等等跟我到外面。」
其實他很想馬上制裁他們，但這樣話題就毫無進展了，所以暫且擱置。
梅加斯摀著臉，仰頭看向天花板。
「不過，真的假的～老實說，我還以為大魔王先生會一直毫無自覺。」
「你的心境到底產生了什麼變化……」
「這個嘛，那個……就很多事啦。」
只是握住對方的手，互相凝視而已。就算是亞倫也說不出口。雖然也是因為感到難為情，不過他隱約有股預感，若是他說出口，桌子會再度被打碎。
「總而言之，我要向夏綠蒂告白。雖然你們看起來和戀愛沾不上邊，不過人家說聊勝於無，你們就絞盡不存在的智慧，給我一點建議吧。」

「誰會用這種態度拜託別人啊……雖然他平時就是這樣了。」

「……」

梅加斯半笑著。

然而另一方面，葛羅一臉難看地緊閉著嘴。

「怎麼？葛羅，你好像有話想說？」

「……雖然我不是很清楚。」

葛羅嘆著氣開口，狠瞪向亞倫。

「但老實說，女神大人另有隱情吧？而你知道內情仍隱瞞著這件事，對吧？」

「……沒有錯。」

亞倫坦率地承認。

其他人尷尬地別開視線。

葛羅和梅加斯一行人再怎麼樣還是冒險者。

這個公會裡也貼著許多通緝令，其中當然也有夏綠蒂的通緝令，他們不可能沒有看過，就算她染了頭髮，也不可能沒發現她的真實身分。

但是，至今沒有任何人提及關於夏綠蒂的事情，也沒有人打算抓她。

鎮上的通緝令反而變得越來越少。和亞倫偷偷處理掉的通緝令數量相比，消失的通緝令明顯更多。雖然亞倫有隱約察覺到這一點……不過至今他都默默不管。

葛羅踏入了不可侵犯的領域。

他仍瞪視著亞倫，續道：

「要追求那種女人……不就像是利用自己的立場，脅迫她和你建立關係嗎？」

「唔、喂，葛羅，你這麼說太過分了。」

梅加斯慌張地插嘴。

「這個人確實蠻橫得很……卻只對大小姐非常耿直啊，他不是那種人。」

「我知道啦！但我就是忍不住想這麼說啊。」

嘖！葛羅咂舌並別過頭。

全場陷入短暫的沉默……接著亞倫突然笑了。

「你說的確實沒錯。從旁人看來，我大概是差勁的卑鄙男人吧。」

「……那你要放棄女神大人嗎？」

「怎麼可能！」

亞倫壞笑著斷言道。

他當然也擔心過這一點，怕夏綠蒂會因為她的立場，無法拒絕亞倫的告白。她大概會順從亞倫的期望，扮演他的戀人。

正因為如此……亞倫更堅定決心。

「我一定會讓那傢伙幸福給你們看。讓她幸福到忘掉立場、束縛那些無趣的事。」

要他獻上整個人生也可以。

他會排除所有阻礙，讓她變成世界上最幸福的人給所有人看。

「若是這樣，她還是沒有辦法接受我……那我就乖乖抽身離開。」

亞倫能夠看穿謊言。

無論夏綠蒂怎麼偽裝自己，他都能輕易看穿她的真心，到時候他會乾脆地放棄。因為亞倫的期望並非讓夏綠蒂痛苦，只是想讓她幸福。

「縱使她不選擇我，只要那傢伙幸福，我就——」

「不，已經夠了。」

葛羅舉起一隻手，打斷亞倫的話。

接著他用雙手摀住臉，緩緩地搖了搖頭。

「我已經知道了……饒了我吧……」

「唔，我還沒說夠耶。」

「就說沒用的，葛羅。」

梅加斯輕拍葛羅的肩膀，用溫暖的目光看向亞倫。

「這個人因為初戀，情緒十分高漲……要是隨便刺激他，會受到打擊的可是我們啊。」

「……你這傢伙為什麼知道這是我的初戀？」

「怎麼可能不知道。」

梅加斯一臉認真地回答。

另一方面，原本作為聽眾的惡棍們也不知為何抱著頭。

「我們剛剛究竟被迫聽了些什麼啊……？」

「別恢復理智，這時候要用酒精保護腦袋啊。」

「嗚嗚……我還是第一次喝到這麼索然無味的酒……」

之後所有人像在比賽，開始大口喝酒，彷彿自暴自棄。

環顧神情複雜的人們，亞倫嘆了口氣。

「不過你們幾個，果然注意到夏綠蒂的事情了啊。」

「那當然……因為通緝令上的肖像畫畫得特別相似啊，連名字也一樣。」

葛羅支支吾吾地點頭。

其他人的反應也差不多。不過，葛羅馬上露出苦笑。

「我們不相信那種東西，所以才決定什麼都不說。」

「……謝謝。」

亞倫輕輕低下頭，難得心裡十分感動。

（原來相信那傢伙的人……變得這麼多了啊。）

而且，這都是夏綠蒂自己的善行得來的。

她的世界正在逐漸擴展，讓亞倫深有感慨，卻突然不解地歪過頭。

「不過，這代表你們十分仰慕夏綠蒂吧？你們不阻止我去告白嗎？」

「我們不是那種仰慕之情啦，該說是喜歡偶像的粉絲嗎……」

「說到底，對手還是大魔王……」

「而且她根本不在意我們吧……」

到處飛來有點怨恨的眼神。

心情莫名地變好，亞倫大方地點了點頭。

「那太好了，這樣我也不用處理掉熟人了。」

「這個人好可怕。」

「不好意思～可以再來點酒嗎？可以的話，我要店裡最烈的。」

大家加點了酒，終於開始像個像樣的酒會了。

亞倫也喝了點酒，趁勢開口：

「所以回到正題，我想告白。有沒有推薦的地方？或者收到後會高興的禮物也行。」

「你問我們要送什麼禮物，我們也不曉得……」

「女人會高興的禮物，就是花或寶石那類的？」

「姑且不論花，夏綠蒂收到寶石會高興嗎……」

若是送太昂貴的東西，感覺會讓她心懷歉疚。

比起這個，他反倒覺得像之前在鎮上的露天攤販買來的髮飾，她會比較高興。直到現在，她仍每天都戴著那個髮飾。

禮物就暫且不提。

他這麼決定後，梅加斯拍了一下手。

「啊，不過地點的話，我知道一個好地方喔。」

「哦……？你說說看。」

「從這裡往西北邊走，有個叫托鄂洞窟的地下城，在那前面有座花田喔。」

「啊～是那裡啊。」

葛羅他們也看著彼此點頭。

照他們的話聽來，這附近似乎有個難易度滿高的地下城。

對自己有自信的冒險者們會潛入那個洞窟進行鍛煉，狩獵魔物賺取日薪。

據說從城鎮到那裡的路上……有個略高的山丘。

現在這個季節開滿了五顏六色的花朵，也能看見野兔的身影。那裡因為靠近地下城，一般市民不太會過去，不過魔物也不會出現在那麼遠的地方，所以是個很寧靜的地點……的樣子。

想像完那副光景，亞倫一拍大腿。

「喔喔！挺不錯的嘛，夏綠蒂感覺會喜歡。」

「對吧？說要去野餐，邀她出去就行了。」

亞倫和壯漢們借助酒力，興奮地談論著浪漫的告白情境。這情景相當怪異，因此周遭的人遠遠看著他們。

一行人聊著聊著，一一決定好詳細計畫。

首先，要邀夏綠蒂去花田，欣賞美麗的景色。

之後在夕陽下告白。

這是個連不懂情趣的亞倫都明白的，浪漫至極的計畫。

多虧於此，他的興致直線飆升。亞倫借助酒力，猛然從椅子上站起來，朝天高舉起拳頭咆哮。

「好～！既然如此，明天就來一決勝負！我要大幹一場！看我的！」
「咻～真的嗎？」
「我們也會為你加油！」
「你們快點獲得幸福吧！」
一行人吵鬧地為亞倫歡呼。
「你們在聊什麼？」
全場氣氛升至最高點，完全沒有人發現有個人影正慢慢接近——
「唔哇！」
所有人不禁發出奇怪的慘叫。
他們戰戰兢兢地回頭，看見夏綠蒂站在身後。亞倫不禁吞了吞口水。
「夏、夏綠蒂……審查已經結束了嗎……？」
「是的！因為小露非常乖。」
「汪呼～」
露得意地展示圍在脖子上的白色領巾。別著魔石髮夾的領巾是獲得公會認證的魔物證明。
「那、那真是太好了。不過……」
亞倫望進夏綠蒂的眼底，用低沉的聲音詢問：
「妳有聽到……我們剛剛說的話嗎？」
「不，我沒有聽到內容……是在講什麼重要的事嗎？」

「沒那回事！我們在講天氣、政治那種無趣的話題啦！」

亞倫鬆了口氣。

他本來打算做好萬全準備再告白，要是在這種地方被發現，可是得不償失啊。他放了幾枚金幣在桌上當作酒錢，帶著夏綠蒂離開。

「那麼，我們去慶祝你們通過審查吧，讓露吃點牛排。」

「可、可是，你不是在和其他人聊天……」

「別在意，大小姐。」

「是啊是啊，女神大人快去慰勞那隻芬里爾吧。」

「是嗎……？呵呵，那我們就恭敬不如從命吧，小露。」

「嗷嗚～」

露心情愉悅地叫了一聲，夏綠蒂對牠露出微笑，亞倫就帶著兩人離開了冒險者公會。

梅加斯和葛羅一行人用溫暖的目光目送他們的背影。

三人的身影消失後，有人嘆了口氣。

「哎呀，沒想到那個人會下定決心……」

「人類有無限的可能呢……」

他們感慨萬千的語氣，簡直就像看著父親再婚的孩子。

莫名充滿了溫馨的氣氛。

然而……這氣氛被突如其來的吵鬧騷動打破。

公會的門被粗暴地打開，同時傳來慘叫聲。
「快幫幫忙！有沒有人擅長回復魔法……！」
「唔……唔嗚……」
身穿重裝的女性冒險者，以及倚著她肩膀的男性冒險者跌進公會。男人遍體鱗傷，奄奄一息。他身上的盔甲完全碎裂，劍也斷成兩半。
回復術士們趕忙跑過去。
其他人則皺起眉頭，交頭接耳。
「又是托鄂洞窟的怪物嗎……」
「應該是……」
「那座地下城本來就是很棘手了，聽說最近又有一隻格外強大的魔物盤踞在那裡？」
「對對對，聽說等級從C＋晉升為A－了。」
這些話語，當然也傳到了梅加斯一行人的耳中。
「……你知道嗎？」
「……不。」
他們表情沉痛地互相看了看。他們最近忙著打工和做義工，非常少接冒險者的任務。
所以當然，沒有人知道托鄂洞窟周遭變得如此危險。
所有人暫時陷入沉默……
「不過，大魔王先生沒問題吧。」

「也是，肯定沒問題啦。」
最後得出這樣的結論後，他們又繼續開起酒會。
所以這時候，沒有人聽到遍體鱗傷的男性冒險者低聲呢喃的囈語。
若是有任何人聽到那個詞，或許會臉色大變地追上亞倫，並拚命建議他重新擬定明天的計畫。
男性冒險者一邊接受回復術士的賣力治療，一邊呻吟。
他臉頰上清晰地印著比貓狗還巨大的動物腳印。
「嗚嗚，為何那種地方……會有地獄水豚……」

◇

夏季太陽普照的這一天，是適合野餐的大好天氣。
「哇！真的是個漂亮的地方呢。」
「嗷嗚～」
夏綠蒂發出感嘆，露在她身旁看起來也很愉悅。
這一天，三人來到托鄂洞窟附近的無名山丘。
這裡有一片色彩斑斕的遼闊花田，幾隻蝴蝶翩翩起舞。
湛藍的天空中沒有任何雲朵，風也徐徐柔和。
但陽光也相對地炎熱，因此夏綠蒂戴了一頂草帽。她身穿一襲白色連身裙，由於這一帶沒有人，所以沒有必要染黑髮色，一頭金髮與這一身打扮十分相襯。
夏綠蒂摸了摸露的頭，轉頭看向身後。
「謝謝你，亞倫先生。帶我來這麼美好的地方……亞倫先生？」
此時，夏綠蒂驚訝地瞪大了眼。
因為亞倫摀著臉，呆站在離她數公尺遠的地方。夏綠蒂小心翼翼地靠近他，開口：
「那個……怎麼了嗎？」
「……啊！」
亞倫猛地抬起頭。
兩人在極近距離下四目相對，心臟用力跳了一下。
夏綠蒂絲毫沒有注意到這件事，擔憂地歪著頭。
「你沒事吧？亞倫先生。感覺你的臉色很糟……」
「呃……啊啊，嗯，我沒事。」
亞倫揮了揮手，露出僵硬的笑容。
然而，他的雙眼布滿血絲，臉上毫無血色，殭屍看起來都比他健康。
夏綠蒂皺起眉頭，仔細端詳亞倫的臉。
「該不會是感冒了吧？有發燒嗎……失禮一下。」
「……！」
夏綠蒂輕輕觸碰亞倫的額頭。

纖細的指尖傳來溫熱的體溫，讓亞倫瞬間渾身冒汗。

臉好近。那宛如寶石的眼瞳也近在眼前。

甜甜的香氣搔動鼻腔，腦袋裡只被一個念頭占據。

好喜歡她。

「當、當然沒事！我只是睡眠不足！」

差點忍不住說出那句話，亞倫慌張地往後退，並對呆愣的夏綠蒂支支吾吾地找藉口。

「那個，昨晚有點睡不著……睡一下午覺應該會好一點。」

「是嗎……？不要勉強自己喔。」

「我沒事，妳可以和露去那附近散步。」

「……那麼，如果有什麼事請叫我，我就在附近。」

「嗷嗚！」

夏綠蒂帶著露走向花田。

她看起來非常擔心他，會離開他身邊大概是希望亞倫能好好睡一覺。這份體貼讓他的心臟開始發痛。

等到兩人隔了一段距離，亞倫大嘆一口氣，在原地坐下來。

「不，辦不到吧……這太強人所難了……」

昨天的決心不知道跑去哪裡了。

亞倫現在緊張得不得了。

昨天晚上約夏綠蒂去野餐時都還好。

然而，當他窩在房間裡思考告白的台詞和禮物時……突然非常不安。

縱使她不願意接受自己的感情，只要夏綠蒂幸福，他就滿足了。他對梅加斯等人說過的決心絕無虛假。

但要是被拒絕……他肯定會大受打擊。

一個弄不好，可能會再也無法振作。

一想到這接近確信的預感，他就完全沒有信心了。

結果昨晚他完全沒睡著，從早上就食不下嚥。

活了二十一年之久，這是他頭一次緊張到快反胃。

「再、再沒出息也該有個限度啊……我平時的樣子跑去哪裡了……」

亞倫只能抱頭呻吟。這樣看來，完美的告白根本就是痴人說夢。

「果然還是先暫緩……唔。」

在他就要放棄的時候。

亞倫聽見銀鈴般的笑聲，猛地抬起頭來。

在山丘下面一點的地方，露輕盈地跳來跳去。牠的脖子上綁著昨天拿到的領巾，上面裝飾了一圈花環。看來那是夏綠蒂為牠做的東西。

「呵呵，妳喜歡嗎？小露。」

「嗷嗚嗷嗚！」

「小露果然是個女孩子，也想打扮吧？」
「汪唔！」
「啊哈哈，好癢喔。」
露舔著夏綠蒂的臉頰，她便咯咯笑了起來。
那笑容深刻地烙印在亞倫眼底，連太陽的光輝都無法相比。
亞倫呆呆地眺望著那光景，喃喃道：
「……果然好喜歡她。」
話中不帶害羞或羞恥。
這份情感作為一個單純的事實，重重落在亞倫的胸口。
他一邊嘆氣，一邊搔搔腦袋。
「既然這樣，只能速戰速決了……不然可能會不小心說出口。」
光是像剛才那樣稍微拉近距離，他的情感就會不禁滿溢而出。他十分有可能會在無意中不小心告白。
比如說，早上打招呼的時候……
『早安，亞倫先生。』
『嗯，早安。我喜歡妳。』
『……什麼？』
又或者是在鎮上買東西的時候……

『嗯~怎麼辦呢?亞倫先生喜歡蘋果還是橘子?』

『要說的話,我喜歡夏綠蒂……』

『咦……?』

也有可能是晚上……

『那麼就晚安——』

『我喜歡妳!』

『咦咦咦咦咦!』

不管想像哪種情境,都只能看到搞砸的未來。亞倫不想做出意外似的告白,也不想讓夏綠蒂困擾。

這樣的話……無論如何,都只能今天在這裡告白了。

亞倫緊緊握著拳頭,下定決心——

「不,可是我該說什麼才好……我可沒辦法說出什麼機靈的話……」

他又開始抱頭煩惱。

只是普通地說「我喜歡妳」太無趣了。

話雖如此,他完全沒有可以用在這種場合的話。雖然不習慣這種事,亞倫也努力絞盡腦汁。

我一定會讓妳幸福。

……這句話在相遇那天就說過了。

我希望妳和我共度一生。

……一開口就說這句話也太沉重了吧？

我要把世上的一切都獻給妳！

……完全是反派會說的台詞，而且好沉重。

想不到沒有什麼好台詞，就在他不斷東想西想，陷入苦惱時——

「亞倫先生！」

「唔喔！」

這時，他聽見慌亂的聲音。

抬頭一看，夏綠蒂模樣慌張地跑了過來。

她身邊沒有露的身影，看得出來事情不單純，浮躁的心情因此瞬間消失無蹤。

「不、不好意思打擾你休息……！不過，不好了！」

「到底怎麼了？露發生了什麼事嗎？」

「小露沒事，但是那個……我一個人實在沒有辦法……」

夏綠蒂大口喘著氣，斷斷續續地說著。她的臉色比亞倫還要蒼白，用顫抖的手指指著花田的另一頭，一臉悲痛地大喊：

「那邊有隻受了傷的龍！」

在夏綠蒂的引領下，亞倫穿過花田。

兩人來到略高的山丘中央，而露在稍微下陷的窪地中，看著一隻小龍蜷縮成一團。

雖然說是小，但那是……和龍的平均尺寸相比之下。
牠身長大約三公尺，蜷縮著的身體覆滿淡綠色的龍鱗，聲音細弱地啼鳴著。
看到那個身影，亞倫小聲地感嘆道：
「喔喔……是至高龍的幼龍啊，真是罕見。」
「是這樣嗎？」
「嗯，簡單來說，這是能夠抵抗魔法的種族。」
因此，對亞倫這種魔法師來說是天敵。
這種種族平時安靜地生活在洞窟這類地窖裡，因此鮮少能在外面看到牠們。或許是從附近的地下城跑出來，受了傷就回不去了。
（不過……沒有看到外傷啊？）
就外表看來，牠身上沒有任何傷口。
但是他們走近到只剩幾公尺的距離內，牠也一動也不動，只有可能是身體不適。
「姑且先……『治療（Heal）』。」
亞倫試著對龍施予簡單的治療魔法，淡淡的光芒包覆住牠的身體——
「吼嚕嚕……！」
在飛龍低吟的同時，治療之光煙消雲散。
亞倫聳了聳肩。
「就像這樣，半吊子的魔法是沒有用的。從家裡拿魔法藥過來大概會比較快。」

「這樣的話，要不要我和牠溝通看看？」
「那樣確實也不壞……」
如果由夏綠蒂能像露那時候一樣說服牠，牠或許會願意乖乖接受治療。
「但對象是野生的魔物……嗚哇！」
「亞倫先生！」
從背後受到強力衝擊，亞倫原地踉蹌了幾步。
還以為是來自龍的攻擊，結果是站在背後的是露。牠似乎用身體撞了他一下。
「好痛……什麼？怎麼了？露。」
「嗷嗚……！」
露目光銳利地怒瞪亞倫一眼，用下巴指指至高龍。
彷彿是在提醒他「小心一點」……
夏綠蒂不解地微微歪了歪頭。
「小露從剛剛開始就一直很奇怪，會對著龍低吼……芬里爾和龍很不對盤嗎？」
「不，牠們不是所謂的天敵關係……」
亞倫撫著下巴，注視著至高龍。
龍仍然用悲痛至極的聲音啼嗚著。然而那聲音太過單調，感覺像引誘獵物的誘餌……他隱約有種不祥的預感。
（看來……不要隨意接近比較好。）

亞倫這麼決定後看向露。

露也無聲地輕點點頭，雙方就此完成了溝通。他們不著痕跡地走到夏綠蒂的左右兩邊，要她靜靜退後。

「好了，現在還是——」

先回去再過來吧。

就在他準備這麼說的時候。

「咿呀……！」

「唔……！夏綠蒂！」

由下往上的撞擊震動襲向三人。巨大的地鳴聲與轟鳴響遍周遭，令他們站不穩腳步，腳下的地面漸漸產生裂痕。亞倫馬上朝夏綠蒂伸出手——

「嘎嗶～」

「什……？」

不知道從哪裡出現的黑影擄走了她，下一秒……

地面瞬間崩毀，亞倫被推入地獄的深處。

◇

「唔……夏綠蒂！」

亞倫猛然彈起身，環視四周。
眼前是瓦礫堆。
看得見高聳的藍天，四面都是陡峭的斷崖絕壁。看來那片花田的地下有類似坑道的洞窟，從掛在天上的太陽位置來看，他掉下來後，時間沒有過太久……不過周遭沒看到夏綠蒂的身影。
「該死……！『飛(Fly)』……？」
他想使用飛行魔法，但是沒飄起幾公分。
無法發動魔法。
亞倫愕然不已。這麼說來，在掉下來之前，他記得自己馬上使用了魔法，然而他現在像這樣掉到了地底下，代表那個魔法也沒成功發動。
焦急與不安瞬間爆發。
就在亞倫即將失去意識之際，他在最後一刻忍住並大喊：
「該死！到底發生了什麼事……夏綠蒂！妳在哪裡？拜託妳！快回應我——」
『吵死了。』
「咦噗！」
被強大的力道撞飛，亞倫滑過地面，發出摩擦的聲響。他趴在地上抬起頭，瞪圓了眼。
「呃，露……？」
『冷靜點。』
亞倫倒在地上抬起頭，露便一掌踩上他的額頭。

看著芬里爾的這個模樣——亞倫呆愣地開口：

「……妳會說通用魔物語了嗎？」

『露當然會說。有什麼問題嗎？』

「不是……妳至今為止都不曾說過吧！」

亞倫只聽得懂低等魔物廣泛使用的通用語。

像龍和芬里爾這種魔物，每種種族大多會有自己的語言，人類很難學會。除了能夠心靈相通，與牠們對話的魔物師之外，很難與牠們溝通。

這也是亞倫第一次和露對話。

露歪著頭。

『為什麼露非得配合你啊？露和媽媽可以正常對話，不需要用通用語吧。』

「…………妳說的媽媽，該不會是指夏綠蒂吧？」

『那還用說，母親大人是母親大人，媽媽是媽媽。』

哼！露哼了一聲。

母親大人大概是指芬里爾母親。雖然亞倫知道露很黏夏綠蒂，但沒想到牠會把夏綠蒂當成第二位母親景仰。

（難怪牠對我的態度那麼冷淡……）

亞倫深切地理解了。

不過多虧於此，他稍微恢復了冷靜。

亞倫緩緩站起來，瞪著上方的大洞。

「露，怎麼樣？夏綠蒂在這上面嗎？」

『……不在。』

露緩緩地搖頭。話雖如此，也在預料之內。

他回想起在掉到地下前看到的巨大黑影。

亞倫扶著額頭低喃。

「所以那傢伙……是被擄走了吧？」

『…………沒錯。』

露痛苦地搖搖頭。

沉重的靜默降臨在兩人之間。

亞倫緊緊握著拳，甚至指尖都開始發麻……他吐出一大氣，放鬆下來。

以後隨時都能深刻反省，現在應該要做的是救出夏綠蒂。亞倫轉換思考，撫著下巴。

「總之，我們先離開這裡。妳會幫我吧？」

『那當然，這是為了媽媽。』

「好。不過犯人究竟是誰？是尼爾茲王國的人，還是賞金獵人……」

但是亞倫完全沒有察覺到任何氣息。

對方肯定技高一等。

而且不能使用魔法也讓他很在意。能在一定範圍內限制使用魔法的術式有無數種，但是都必須做好費工的事前準備，很少會有這種突發狀況。

（嘖……真是的，竟然大費周章地做出這種事。）

敵人大概從不久前就在伺機而動了，那隻至高龍也肯定是誘餌。就在亞倫默默思考時，露微微歪了歪頭。

『你意外地冷靜呢，露還以為你會更慌張。』

「因為我知道夏綠蒂平安無事啊。」

『什麼……？』

「沒有啦，因為她最近常常出門，我就事先在她平時戴著的髮飾上施加了特別的魔法，當作防範。」

就類似標記。

亞倫能大概知道夏綠蒂距離自己多遠，是否有生命危險。

根據這個魔法，他知道……夏綠蒂距離這裡不遠，也沒有受傷，現在還平安無事。

說明完後，還以為露會發出感嘆……但不知道為什麼，牠用看著髒老鼠的眼神望著亞倫。

『你暫時不准靠近媽媽！』

「為什麼？」

『吵死了。好噁心。』

牠甚至用後腳對亞倫踢起沙塵。

感覺就像有了一個青春期的女兒，明明都還沒告白成功啊。

露無奈地搖搖頭，嘆了一口氣。

『不過，這樣我就放心了。露好像也知道敵人的目的是什麼了。』

「……什麼意思？」

『露知道犯人是誰。』

「！什麼……？」

亞倫的聲音在黑暗中迴盪。

露一臉沉痛地繼續說道：

『之前不是有個動物園救了露嗎？』

「啊……？喔，是啊，那怎麼了？」

『擄走媽媽的，是那裡的——』

「……等等。」

亞倫將食指抵在嘴前，打斷露的話。

露也馬上噤聲。

就在兩人保持沉默時，從漆黑深處中傳來幾道腳步聲，以及聽似拖著東西的聲音。

「有什麼……來了。」

『這個氣味是……』

最後，那個身影出現了。

「咕唔啊啊啊……」

那是隻擁有深綠色龍鱗的龍。
牠的身長不下十公尺，是隻至高龍的成龍。
而這裡聚集了十幾隻至高龍，團團圍住亞倫和露。
「原來如此，這樣當然無法發動半吊子的魔法了。」
『現在是佩服對方的時候嗎？』
露冷眼看著拍了一下手的亞倫。

就在亞倫和露面臨難以逃脫的危機時。
夏綠蒂受到空前絕後的款待。
「嗶嘰～」
「那、那個……謝謝你？」
「嗶嗶嗶～♡」
看著端到自己面前的水果，夏綠蒂怯生生地低頭致謝。
端水果過來的史萊姆高興地全身冒煙，接著Q彈地滾動離去。
目送牠們離開後，夏綠蒂環視四周。
「這裡到底是哪裡……」
這是一個圓柱形的巨大空間。
四周被岩壁包圍，並長滿了茂密的爬山虎，幾乎完全覆蓋住岩壁。抬頭看去，萬里無雲的藍天遼闊，大量陽光灑落。

而綠色牆壁上，有好幾個王命龍等魔物做出來的巢穴。

夏綠蒂的所在處是最下層。

地面上鋪著綠色的毛毯，她醒來時就躺在這上面。

她一開始還很害怕會被魔物們吃掉……但牠們看起來完全沒有要襲擊她的意思，還不斷送她花朵和水果。

多虧於此，夏綠蒂稍微冷靜了下來。

這裡暫且是安全的。比起這個，她有更在意的事情。

「亞倫先生和小露沒事吧……」

『那當然。』

「……！」

她猛然轉頭看向背後。

不知何時，那裡站著一隻魔物。

牠渾身覆滿褐色皮毛，是隻矮小圓潤的大老鼠。牠的四肢很短，額頭上有個X字型的舊傷。

夏綠蒂對那憨傻的長相有印象。

「妳、妳是……在動物園互動專區的地獄水豚小姐？」

『沒有錯。好久不見，夏綠蒂大人。』

地獄水豚低頭向她致意。

這是在短短一個月前，與亞倫去旅行時遇到的一隻魔物。

（不、不過……牠為什麼會在這種地方？）

看見呆愣的夏綠蒂，地獄水豚瞇起細長的雙眼，續道：

『地獄水豚為吾等種族之名，吾真正的名字叫做戈瑟茲，今後請多指教。』

「戈瑟茲……是戈瑟茲把我帶來這裡的嗎？你說亞倫先生和小露平安無事是真的嗎？」

『您毋須擔心。吾會告訴您一切。』

戈瑟茲的語調十分沉穩。

牠的外貌本來就很溫和，再配上牠的語調，便散發出老人般的氣質。

然而，夏綠蒂卻感覺到無法言喻的不安。戈瑟茲緩緩地走近，接著在她面前深深地低下牠渾圓的腦袋。

牠宛如宣示忠誠的騎士，嚴肅地宣示：

『可憐的夏綠蒂大人。不過您無需再擔心，吾必定會拯救您。』

「咦……？」

夏綠蒂完全無法理解，只能呆愣地望著牠。

然而，戈瑟茲的話語中帶有威嚴，她馬上就明白牠並不是在說笑。戈瑟茲毫不在意地續道：

『吾原本打算安靜地在那個動物園度過餘生。』

牠過去曾和許多強敵拚死戰鬥，每天過著遊歷鍛鍊的修行生活。

但是隨著年齡增長，牠將許多地盤讓給弟子，同時決定隱居。

牠和湯之葉魔道動物園說好，作為互動專區的頭目監視其他魔物，並過了五十年之久的祥和時光。

『在那邊和您相遇之後，吾在動物園有機會看到了報紙。』

「妳、妳說報紙……該不會是……」

『是的，上面寫了許多您威脅祖國等多個毫無根據的惡評。』

戈瑟茲淡淡地說著，緩緩抬起頭。

『吾馬上就明白您不是那樣的惡毒女人，而是被陷害的。』

「……對。」

這些話，和過去亞倫對她說過的話十分相似。

回想起那天的事，夏綠蒂按住胸口。

她被祖國冠上莫須有的罪名，失去一切後隻身一人逃了過來。經過這麼多事後聽到這些話，不知道讓她有多開心。

然而，那份溫暖的記憶馬上消逝。

『因此，吾決定捨棄安祥的日子……再次使用這份被封印的力量。』

「妳、妳說力量是……！」

在夏綠蒂抬起頭的那一秒。

耀眼的光芒閃過眼前，她的身後發出轟隆聲。

「呀啊！什、什麼……？」

她慌張地轉頭。

理應被爬山虎掩蓋住的岩壁上，刻上了巨大的╳記號。

塵沙飛舞之中，戈瑟茲平淡地對說不出話的夏綠蒂續道：

『祕劍拂枝……這是吾消愁解悶時編造出來的密技之一。』

戈瑟茲咬在嘴裡的是一根普通的樹枝。它帶著微薄的光輝，纏繞著帶有電流的氣息。

夏綠蒂吞了吞口水。

此時浮現在腦海裡的，是亞倫在魔法課中教過的內容。

據他所說，魔法大致上分成兩種。

一種是用魔力引發奇蹟的魔法。

另一種是對肉體和物體注入魔力的魔法。

後者比較難捏分寸，若是一般術士使用，也有可能會失控。不過相對的，也能夠用微量魔力產生出絕大的力量……似乎是這樣。

『優秀的操控者也可以只用一把小刀就解決掉一隻龍。』

她記得亞倫這麼說過。

所謂優秀的操控者，肯定就是像戈瑟茲這樣的人。

不知何時，四周寂靜無聲，魔物們注視著這邊。

戈瑟茲的眼神率直而澄澈。

正因為如此，夏綠蒂止不住滑落背脊的冷汗。

戈瑟茲仍咬著樹枝，環視四周。

『這裡是被稱為托鄂洞窟的地下城，是吾過去讓給弟子的地盤之一。』

不驕傲也不謙遜。

只是在陳述事實，戈瑟茲繼續說道：

『吾在世界上有許多個這樣的老巢，只要吾一聲令下……比這規模還多幾百倍的魔物會立即聚集起來。』

「把、魔物們聚集起來後……妳究竟要做什麼？」

『要做的事當然只有一件。』

戈瑟茲非常乾脆地告訴她：

『就讓吾等代替您將那個國家……尼爾茲王國化為焦土吧！』

「什……！」

『對陷害您的人賜予死亡，讓捨棄您的人感到絕望。而沒對您伸出援手的人，將嘗到比您更深刻的屈辱。讓吾替您將所有一切歸於灰燼，開拓壯麗的屍山血海之景吧。』

戈瑟茲不斷說出令人害怕的話。

牠的話語融入寂靜中，凍結周遭的空氣。

夏綠蒂努力活動發麻的舌頭，用顫抖的聲音開口：

「為、為什麼……要做那種、事情……！」

『沒什麼，很簡單，就是單純感到義憤填膺。』

戈瑟茲緩緩搖了搖頭。

『吾再也無法忍受了。讓您這樣的人受苦、遭到壓榨的世界，應該以力量加以矯正才對。』

「就算是這樣……就算是這樣也不可以！」

夏綠蒂使盡全力叫喊。

她對欺負自己、奪走一切的人們確實心懷不滿。雖然她還沒辦法抱有怨恨、憤怒這類明確的情感，但是內心的確對此煩悶不悅。

即便如此……她也不可能對滅國這種可怕的行為坐視不管。

「我不希望妳這麼做！請妳住手！」

『您說的話真奇怪呢。您是被害者對吧？報復是理所當然的事……』

「那也不可以！絕對不行……把毫不相關的人們牽扯進來！」

『您太溫柔了……溫柔到可悲。』

戈瑟茲嘆了口氣，仰望天空。

『果然是那位魔法師的錯嗎？』

「唔……妳說亞倫先生、嗎？」

『沒錯，那個年輕人的做法……就吾來看，只認為太溫吞了。』

真是的。戈瑟茲聳聳肩。

牠平靜的聲音中第一次帶著類似煩躁的情緒。

『這陣子吾觀察過您們的情況。那個年輕人嘴上說要讓您幸福，卻沒有對那個國家採取任何報復行動，只是散漫地過日子，只能說是怠惰。』
「妳說怠惰……」
『還有其他能形容的詞彙嗎？那傢伙不是在拯救您，只是想讓您墮落罷了。』
聽見牠那番嚴厲的話，夏綠蒂睜大了眼。她的指尖冰冷，腦袋深處陣陣發麻。
若換作以前，她在這種時候無法出聲反駁。但是，現在的夏綠蒂不一樣。
她直瞪著戈瑟茲，開口：
「妳錯了。」
『……什麼？』
「就是因為和亞倫先生在一起，我才終於真正地活著。」
毫無畏懼的平靜生活。
即使平靜，仍有些微變化，每一刻都寶貴至極。
歡笑、哭泣、生氣，她從來沒有想過自己有一天能表現出情緒。
而自己能改變至此，都是多虧了亞倫。
「就算是戈瑟茲小姐，我也不允許妳否定這一切！」
『……您只是被那個年輕人欺騙了而已，唯有吾才能正確地拯救您。』
戈瑟茲的眼中毫無迷惘。
牠的嘴角浮現出微笑。
『您很快就會知道了，只要和那個年輕人分開，您一定會明白的。』

「唔……妳對亞倫先生做了什麼！」

『沒什麼，您無須擔心，他們都四肢健全，不過因為他們會妨礙到吾的計畫……所以連同芬里爾，吾讓至高龍將他們抓起來，加以監視。』

「怎麼會……！」

會讓魔法失效的龍群。

這對亞倫來說，一定是最難以應付的敵人。

（都是因為我，讓亞倫先生和小露陷入了危險……！）

不顧就快因為絕望而暈過去的夏綠蒂，戈瑟茲的心情十分愉悅。

『吾曾想過該怎麼將您帶離那個男人身邊……但沒想到您會來到這附近，實屬幸運。多虧於此，吾的計畫才能一口氣進入下一個階段。』

說著，戈瑟茲恭敬地伸出前腳。

『來吧，和吾一起來。請您好好觀賞吾等為您打造的地獄。』

「咿……！不要，不要過來……！」

夏綠蒂搖著頭退後。

但是她馬上受到斷崖絕壁阻擋，沒了退路。

附近的魔物們也靜靜地接近她，漸漸縮小包圍範圍。

她的雙腿不斷發顫，淚水就快溢出眼眶。然而，就在這時候——有句話浮現在她腦中。

『就算妳被惡夢所困，我也一定會去救妳，所以妳什麼都不必擔心。』

過去做了惡夢的那個夜晚。

亞倫對她說的那段話給了夏綠蒂勇氣。

她用盡全身力氣放聲大喊：

「救救我……！亞倫先生！」

那聲音在洞穴內產生迴響，震響高聳的藍天。

下個瞬間——

「那當然！」

「唔……！」

耳熟的聲音從天上落下。

夏綠蒂猛然抬頭一看……亞倫就站在洞口的邊緣，露出無所畏懼的微笑。

「亞倫先生！」

「抱歉，我來晚了。」

看著瞪大雙眼的夏綠蒂，亞倫輕輕抬起一隻手。

目前看來沒有受傷，亞倫鬆了一口氣。但他察覺到她的眼角帶淚，身體瞬間發燙。

亞倫努力壓抑住衝動。

戈瑟茲的雙眼瞪得比夏綠蒂還大，大吼咆哮：

『怎麼可能……！那麼多隻至高龍，你到底是怎麼逃出來的！』

「你問我怎麼逃出來的？那還用問嗎？」

亞倫聳聳肩，彈了一聲響指。

下一秒，伴隨著狼嚎，幾個巨大物體從天空中落下。發出轟隆巨響，掉到坑洞底部的是一群至高龍。牠們都昏倒在地，不省人事，只能發出微弱的呻吟聲，一動也不動。

露站到亞倫身旁，瞪著洞裡。

「如你所見，我打倒牠們了。僅只如此。」

看到魔物們都一片沉默，亞倫邪邪一笑。

隨後他詠唱咒文，製造出一顆巨大光球。洞中還有幾隻至高龍，所以魔力的光芒雖然微弱不穩，不過要當成光源不成問題。

「至高龍確實能讓魔法失效，既然如此……那就用更強的魔法跟牠們硬碰硬就好了。」

『哈……真是有趣。』

戈瑟茲咬著樹枝，緩緩地抬頭瞪向亞倫。

牠的身上迸發出純粹的殺氣。受到殺氣影響，周圍的魔物們也沉下臉。

在一觸即發的氣氛中，夏綠蒂慌張地大喊：

「亞倫先生！戈瑟茲小姐打算攻進尼爾茲王國……！」

「嗯，如我預料。」

「咦……？」

夏綠蒂訝異地瞪大雙眼。

亞倫聽露說過，擄走夏綠蒂的就是動物園的地獄水豚。

那麼其目的自然也水落石出。

「地獄水豚會執著於兩樣東西，糧食和……俠義精神，牠們的特性就是會袒護喜歡的生物到底。」

如果只有這樣，那就是重義氣的魔物。

不過，牠們往往會做得太過火。

牠們會做出超乎主人想像的行為，是棘手的麻煩魔物。

「我知道在動物園時牠很中意妳，但牠們鮮少會認人類為主人……沒擬定對策是我的疏失，抱歉。」

「怎麼會……亞倫先生不需要道歉！」

『說得沒錯。』

戈瑟茲狠瞪著亞倫，低聲吼道：

『你這傢伙沒有資格跟夏綠蒂大人交談！』

「哼，區區一隻齧齒類還真會吠呢。」

面對毫不掩飾的敵意，亞倫嗤之以鼻。

「你真的認為……只要消滅掉折磨夏綠蒂的元凶，這傢伙就能獲得救贖嗎？」

『那當然！』

戈瑟茲凶猛地咆哮。與此同時，其他魔物一齊行動。會飛的飛上天，其他魔物則衝上岩壁，直朝亞倫攻去。

「拜託了，露！」

『嘖……真拿你沒辦法。』

亞倫跨上牠的背，露同時奮力一跳。

「『零凍槍（Freezing lance）』！」

「嘎……！」

亞倫朝飛來的至高龍釋放魔法。

一道道青藍色光線從他伸向前的掌心射出，幾道光束準確地射穿了牠們的翅膀。牠們驕傲的翅膀瞬間結凍，沒三兩下就墜至地面。

不過亞倫沒有時間喘息，其他魔物接連襲來。

「哈！數量可真多……！」

『已經累了嗎！』

「怎麼可能！剛好拿用來解悶！」

他接連放出魔法，突破敵人的猛烈攻勢。

火花四濺，撼動坑洞的轟鳴聲響起，周遭滿是顏色濃烈的煙霧。

「亞倫先生！」

「唔……！」

就在露轉身的那一秒，激烈的斬擊劃破兩人身旁的空氣。

亞倫等人降落在附近的魔物巢穴，敵方的氣息以驚人的速度衝來。是戈瑟茲，牠猛力一揮叼在口中的樹枝，跳到兩人的頭頂上方。

『你的做法太溫吞了！這種怎麼拯救得了那位大人！』

「煩死了！溫吞有什麼不好！」

肉眼看不清的猛烈斬擊從正前方襲來。

千鈞一髮之際，亞倫承受住攻擊。他手上握著魔力聚攏而成的光劍，是最適合用來擊退怪物的武器。亞倫一邊卸下猛烈的攻擊，一邊大喊：

「你說的那種復仇，我也曾想過！我不知道曾想過幾次，要攻進那個國家……！」

傷害了夏綠蒂的人們，現在也悠悠哉哉地活著。

每當這個事實閃過腦海，胸口便噴湧出漆黑的情感。

自從他發覺自己喜歡上她後，這份情感變得更加強烈。但是，亞倫不斷咬牙忍著。

「我決定要帶給她這世界上的所有歡愉！這其中……也包含了報復的機會！」

夏綠蒂至今為止的人生中，不斷遭到剝奪。

所以亞倫不會從她手上奪走任何東西。

他會給予她一切，一直守護著她。他曾如此堅定地發誓。

「所以我，會等到那傢伙下定決心！就算像你一樣擅自復仇，也只會讓夏綠蒂痛苦而已！」

『制裁邪惡有什麼不對！夏綠蒂大人的內心深處也是如此期望的才對！這肯定就是那位大人的幸福！』

「那我就更不能坐視不管了……！」

『什麼！』

亞倫用盡全力怒吼。

如果夏綠蒂在別人身邊能獲得幸福，亞倫原本打算抽身離開。但是，此刻聽到別人述說著她的幸福……他就怒不可遏。

他一蹬露的背部，奮力跳起。

亞倫順勢使出渾身的力氣，揮下光劍。

「讓我喜歡的女人……讓夏綠蒂幸福，是只屬於本大爺的特權！」

『嗚啊……！』

刀鋒相對一秒後，亞倫揮出一劍，將戈瑟茲的武器砍飛，毛茸茸的身軀猛然彈飛出去。

直直撞上牆壁後，撞出巨大的坑洞。

緩緩倒下的戈瑟茲沒有死，因為亞倫有手下留情。話雖如此，牠大概已經沒有餘力繼續戰鬥了。

看見頭目倒下，周遭的魔物們也一片譁然，與亞倫拉開距離。

「呼，這樣就解決了。」

亞倫消去光劍，擦去額頭上的汗水。

透過適度運動消除了煩悶，他的心情格外愉悅。

露戰戰兢兢地走到他身邊。

不知為何，牠一臉擔憂地仰望亞倫，「嗚～」地低吟。
『不是，那個，你啊……剛剛那個，沒關係嗎？』
「什麼？妳想說我做得太過火了嗎？」
『不是那個……不是那件事啦～』
露含糊其辭地搖了搖頭。
亞倫對牠奇怪的反應感到不解，但仍衝到夏綠蒂的身邊。
「夏綠蒂！妳沒事吧！」
「啊…………」
「抱歉，沒想到我在妳身邊還會發生這種事情……今後我會更加留意……嗯？」
夏綠蒂不知為何滿臉通紅地僵在原地。她訝異地瞪大雙眼，連呼吸都忘了。看見她這非比尋常的模樣，亞倫慌張地看向她的臉。
「怎麼了？夏綠蒂，該不會是哪裡受傷了吧？」
「不、不是，那個……我沒、事……」
夏綠蒂迅速低下頭。
她看起來確實沒有受傷，不過模樣十分奇怪。
亞倫完全無法理解箇中緣由。
周遭充滿著溫暖的氛圍。才剛戰鬥過的魔物們也不知為何，都投來關懷的眼神。
『呵……吾輸慘了呢。』

「唔！你這傢伙……」

此時，戈瑟茲緩緩站起身。

亞倫將夏綠蒂護在身後，正面與敵人對峙。

「你還想打嗎？我勸你不要做無謂的抵抗。」

『怎麼可能。吾雖是年老昏聵的老人……不過只要交手一次，就能理解到力量差距。』

戈瑟茲緩緩搖頭，並低下頭致意。

『是吾有眼不識泰山，徹底輸了。』

「是、是嗎？」

亞倫不禁瞪圓了眼。地獄水豚十分固執，一旦決定要做的事情，無論發生什麼事都不會輕易改變。不過，戈瑟茲的話似乎毫無虛假。

「嗯……你這隻地獄水豚十分明理呢。」

『您在說什麼啊？』

戈瑟茲發出近似和靄老爺爺的笑聲，若無其事地開口：

『不管怎麼說，妨礙相愛的兩個年輕人都太不識趣了。』

「…………嗯？」

『您方才的那番話，也深深打動了吾這個老人的心啊。吾還以為您仍封存著這份心意……看來早已在吾不知情的時候傳達出去了啊。』

「你到底在說什麼…………啊！」

此時，他才終於發現。

自己剛才脫口說出了什麼。

（我說了……「我喜歡的女人」吧！）

亞倫瞬間渾身發燙。

看著這樣的他，露無奈地嘆了口氣。

『雖然露早就知道你喜歡媽媽了……但沒想到，你會那樣說出來。』

『難道剛才那是初次告白嗎？咦？真的嗎？』

「你們幾個快住口！別你一言我一語的！」

周遭的魔物們也說著『不會吧……』、『好遜喔～』、『不，認真想想，這樣也不錯吧？』等等，肆意說出自己的評論。

亞倫對周圍喝斥一聲，只能抱頭苦惱。

不過，他不小心說出口的事實無法改變。

風趣的台詞、禮物，以及最棒的景色。

虧他原本準備了這些要向她告白，全都白費了。

（……不過，這樣才符合我的作風吧。）

事到如今，轉換態度很重要。

亞倫轉身重新面向夏綠蒂。

夏綠蒂滿臉通紅地僵在原地。

她顯然完全理解了亞倫剛才說的話。
不過，若是亞倫在此刻因為膽怯而矇混過去，她也會裝作完全沒發生過這回事吧。
所以，亞倫發誓自己不會逃避。
「那個，夏綠蒂……事情就是這樣。」
他筆直地注視著夏綠蒂，告訴她自己最真實的心意。
「我喜歡妳、我愛妳，我希望……妳能和我交往。」
毫無修飾的單純話語。
這就是亞倫的所有心意。
夏綠蒂滿臉通紅地靜靜聽著他告白。
亞倫就站在原地，等待她的答覆。五秒、十秒……一分鐘，就在即將經過五分鐘時，夏綠蒂終於緩緩開口。
從柔軟的雙唇中吐出細微的聲音。
「對……」
「對？」
「對不起……！」
夏綠蒂跑過亞倫身邊，跳到露的背上。
「拜託妳了！小露！」
『咦？呃……嗯，露知道了。』

她就這樣坐上露的背，衝上峭壁，一瞬間離開洞穴。亞倫連追上去都辦不到，只能呆愣地目送他們離開。

「………………咦？」

『不……那個，嗯。請不要在意，亞倫閣下。』

戈瑟茲伸出短短的前腳，拍了一下才剛被拒絕的亞倫後背。

夕陽西沉的花田。

夏綠蒂就坐在那片花田的正中央，抱著雙腿低著頭，一動也不動。

露靜靜地陪在她身邊。

擔心她的低鳴聲像是在問她「這樣好嗎？」。

縱使如此，夏綠蒂仍然沒有抬起頭，如石像一般靜靜待在原地。看著她的背影，亞倫輕聲說道：

「喂，差不多可以談談了吧？」

「唔……！」

夏綠蒂的肩膀一顫。

就算亞倫緩緩走近，她也沒有要抬起頭的意思。

露一臉頭痛地來回看了看兩人，悄悄離開。擦身而過時，牠瞥了亞倫一眼，低吼道：

『你要是惹哭媽媽，露會咬你喔。』

「我當然知道。」
聽到牠的威脅，亞倫大方地點頭回應。
他蹲到低著頭的夏綠蒂面前，無奈地聳聳肩。
「如果是我，也有點無法面對剛被自己拒絕的人，不過我有事必須和妳說就過來了。」
「……」
「我可以看穿他人的謊言……我以前跟妳說過吧？」
這是他被別人殘酷背叛後學到的處世之術。
他從來沒有想過能在這種情況下派上用場。
「所以我知道，妳剛剛的『對不起』是騙人的，對吧？」
夏綠蒂不發一語。
不過亞倫感覺到她稍稍屏息，將其視為肯定。
亞倫只能嘆一口氣。
「……妳為什麼要說謊？」
「……因為、因為……！」
夏綠蒂猛然抬起頭。
她的臉上滿是淚水，悲痛地扭曲著。
「我是被國家通緝的人……所以我一直在想我總有一天，一定得、離開亞倫先生……！」
她滿溢而出的話語和眼淚一樣，停不下來。

「但是聽到你說那種話，我不就沒辦法回頭了嗎……！我明明決定、不會說出口的……我明明不希望、自己再變成、亞倫先生的重擔了！但是為什麼……為何……！」

夏綠蒂就這樣摀著臉，大哭起來。

「我明明知道，這份心意是『真正的壞事』……！」

她的口中喊出發自內心的吶喊。

亞倫靜靜聽她說完，之後吐出一口氣。

「真是的……我就在想會不會是這樣。」

他並不是沒有想到這個可能。

夏綠蒂總是輕視自己，太過以他人為重。

她為亞倫考慮過後，也十分有可能選擇塵封自己的心意。這就和亞倫曾決定要塵封心意是一樣的道理。

所以亞倫蹲在她的面前，看著她的雙眼告訴她：

「聽好了，妳說自己是一個重擔……但是妳錯了。」

「咦……？」

「妳對我來說就是光芒，妳改變了我的人生。」

他過去只過著無所事事的無趣人生。

在遇到夏綠蒂後完全改變了。

他遇見各式各樣的人，體驗了許多事，每一天都有繽紛色彩。

縱使他當初繼續在學園裡任教，大概也絕對無法擁有如此豐富精采的人生。

這一切，都是因為有夏綠蒂陪在他身邊。

「我，只要妳幸福就夠了。不過……如果可以讓我說個任性的要求……」

他輕輕握住那雙顫抖的手。難為情與愛意交織，讓他就快說不出話來，縱使如此，亞倫仍深情地告訴她：

「可以的話，我希望妳在我身邊獲得幸福。今後，也永遠照亮我的人生吧。」

「我這種人……真的可以嗎？」

「沒有什麼可不可以，唯有這才是我的期望。」

看著不安到聲音發顫的夏綠蒂，亞倫苦笑。

這句話毫無虛假。除了她以外，他不需要任何東西。

所以他要重新告白。這次仍凝視著她的雙眼，坦率地說出口。

「我再問一次。我喜歡妳，跟我交往好嗎？」

「…………我也是。」

這次夏綠蒂沒有考慮太久。

她露出燦笑，用哭啞的聲音道：

「我喜歡……亞倫先生。」

「……謝謝妳。」

亞倫輕輕抱住夏綠蒂，而她將臉埋在他的肩頭啜泣。無論何時，亞倫都願意接受她的體溫和眼淚。從今以後，她也能一直在這裡哭泣。

『哎呀呀，吾也回憶起以前的時光了呢。過去吾曾受到諸多雄性服侍，過著逆後宮的生活。』

『不，你反省一下吧，老頭……妳這傢伙是母的嗎！』

露訝異地瞪大雙眼，看著不知何時來到身邊，靜靜笑著的戈瑟茲。

# 第三章　壞壞的初次約會

那天。

梅加斯和葛羅走進冒險者公會，瞪圓了雙眼。

「哇哈哈，然後啊……咦？」

「哦？怎麼……」

「老大們，發生了什麼事……嗎？」

跟在他們身後的小弟們走進公會後也噤聲。

所有人注目的焦點是冒險者公會酒吧——的一個小角落。

「…………」

在那一張小小的單人桌旁，亞倫獨自喝著酒。

若只是那樣就是常見的景色，然而問題出在他的臉色。

好陰沉。實在太陰沉了。

他的雙眼凹陷，不知道注視著什麼。

只像一個壞掉的機關人偶，不斷喝下高度數的酒。縱然如此，他看起來也毫無醉意，宛如一場弔唁死者的酒席。

由於只有那一角氣氛緊張，其他客人都不敢靠近而留下空位。梅加斯一行人湊近彼此，低聲交頭接耳。

（唔、喂，那是怎樣……！大魔王先生應該向大小姐告白了吧？為什麼一副快死的樣子？）

（我哪知道啊……！從那之後，我就不曾和他見面了啊！）

大約一週前，他們聽他傾訴過告白的煩惱。

在那之後，他們都不曾和亞倫他們見過面。雖然大家都沒有特別提起這個話題，不過所有人都以為「他們已經開始交往，過得非常開心吧」。

然而，現實卻是如此。

亞倫死氣沉沉。

「所以說，該不會……」

「是啊……或許你想的沒錯。」

梅加斯和葛羅看著對方，用力點了點頭。

接著兩人下定決心似的走近亞倫，部下們也默默跟著。他們團結一心。

「嗨，大魔王先生。」

「既然你在喝酒，也讓我們和你一起喝吧。」

「…………什麼啊，是你們幾個啊。」

面對開朗搭話的梅加斯一行人，亞倫只瞥了他們一眼。

他們毫不客氣地搬來桌子和椅子，圍著亞倫開起酒會。雖然氣氛吵雜熱鬧，但是那高昂的情緒莫名的生硬。

看準所有人都握著玻璃酒杯，梅加斯拍了一下亞倫的肩膀。

「好啦，那個……怎麼說，大魔王先生，打起精神來嘛！」

「對啊對啊，這世上的女人可是多如繁星啊！」

葛羅也同意地點頭，手下們也帶著奇妙的神情。

不過亞倫用力皺起眉頭。

「……這麼突然……你們究竟在說什麼？」

「咦？因為你……被大小姐拒絕了吧？」

「我們在安慰你啊。」

「…………你們在說什麼啊？」

亞倫幫自己倒了一杯酒，態度粗魯地續道：

「告白成功了。我和夏綠蒂現在是戀人。」

「啊？」

「咦？」

所有人一起僵在原地。

亞倫毫不在乎地以同樣的步調喝著酒——

「「「什麼——！」」」

「嗚哇！」

一群人像事先說好似的同時大叫，讓亞倫不由得灑了一點酒。

亞倫隨意擦了擦桌面，瞪著所有人。

「你們是怎樣？不能安靜地喝酒嗎？」

「不不不！我反倒想問你為什麼一臉陰沉地在這種地方喝酒啊？」

「就是啊，就是啊！既然告白成功了，現在應該是最幸福的時候吧！」

「……我一開始也是這麼想的啊。」

亞倫「呵……」地露出自嘲的笑容。

他們說的沒錯，若是成功和夏綠蒂在一起，肯定會有玫瑰色的未來等著自己。亞倫原本如此堅信——

「但是，發生了一個嚴重的問題，我正在煩惱要怎麼解決。」

「問、問題……？」

「是啊……就算是我，也實在無法解決。」

所有人吞了吞口水。

他們似乎從亞倫的口吻中了解到了其嚴重性。

面對屏息望著他的一行人，亞倫用顫抖的雙手摀住臉——大喊：

「交往……到底要做什麼才好啊！」

咚！匡啷！帕————！

桌子碎裂，酒瓶飛過空中，身形巨大的梅加斯猛然摔倒在地，將地面砸出大洞。

雖然周遭的人稍微嚇了一跳，不過看到引起騷動的是誰後，馬上失去了興趣。室內流淌著「又是他們啊？」的氣氛。

一行人熟練地清理完畢後，又圍到亞倫身邊。

雖然所有人的表情都流露出「好想回家」的心聲，但是沒有人說出口。

因為表情壯烈地繼續喝著酒的亞倫，實在太可怕了。

「呃，首先……」

「恭喜你……？」

「嗯，這都是多虧了你們的建議。」

聽見帶著迷惘的祝福，亞倫語氣隨意地回應。

接著他開始說起一週前的事情經過。

那天，他打算在花田向夏綠蒂告白。

雖然幾經波折，發生了與地獄水豚有關的騷動，但他成功告白了。

也順利和夏綠蒂發展成戀人關係。

這理應是值得慶賀的報告，亞倫卻用彷彿看到世界末日的表情說出口。

「然後……夏綠蒂現在去申請地獄水豚的同行許可了，因為那傢伙也要住進我們家。」

「繼芬里爾之後是地獄水豚啊……」

「大魔王軍團越來越可怕了呢……」

梅加斯一行人臉色鐵青地面面相覷。

說到地獄水豚，這世界的冒險者都知悉其惡名。如果與其成為同伴是相當可靠，但牠很少服從他人。縱使是優秀的魔物師，也幾乎不可能讓地獄水豚變成夥伴。

那場騷動結束之後，地獄水豚——戈瑟茲恭敬有禮地低頭，這樣請求亞倫：

『作為添麻煩的賠罪，吾想擔任夏綠蒂大人的貼身護衛。能否讓吾待在她身旁呢？』

『不行，給我回去動物園。』

亞倫一本正經地拒絕，戈瑟茲卻毫不退讓。

他煩惱了很久，最後還是判斷把牠放在眼皮下比較好，便心不甘情不願地准許牠住下來了。

牠現在是夏綠蒂的二號隨從，住在她的房間。還好牠意外地是母的，萬一牠是公的，亞倫應該會毫不留情地把牠趕出去。亞倫也有吩咐露監視戈瑟茲，不過目前牠似乎沒有可疑的舉動。

順帶一提，他詢問過那間動物園後，得到了「我們沒辦法硬將戈瑟茲小姐帶回來……請您收留她吧！」這般冷淡的回答。

不過，這件事暫且不管。

「然後，言歸正傳……所謂的交往到底該要做些什麼？」

「呃，我只知道像平常一樣嬉笑打鬧……」

「要是我知道該怎麼做就不用那麼辛苦了！」

亞倫砰地用力拍桌。

在那之後的第一週。

說到剛成為戀人的第一週，肯定會是甜蜜至極的時候吧？

然而，他們完全沒有那種感覺。

比如，一大早見到面時……

『啊！早、早安。』

『早、早安……』

『………來吃飯吧。』

『好、好的。』

比如平常不經意碰到手時……

『哇啊……！』

『抱、抱歉……！我不是故意的！』

『不、不會，不要緊……』

比如睡覺前……

『那個……晚安。』

『好、好的……晚安。』

由此可見一斑，他們現在就是這種狀態。

別說嘻笑打鬧了，他們連對話都減少了，甚至沒有辦法好好對視。

原因洞若觀火，他們太在意對方了。僅只如此。

話雖如此，這也別有一番酸甜滋味，也不壞。就算沒有說話，光是待在同一個空間裡就感到內心充實，確實比以前幸福許多。

但是……既然都成為了戀人，他想盡全力嘻笑打鬧。

他想大肆放閃，閃到所有人都想遮住眼睛。

雖然亞倫是對戀愛極其遲鈍的男人，但是就和常人一樣有那方面的欲望。現在反倒因為無法得到滿足，或許已經增強到超乎常人了。

然而他畢竟是戀愛初學者，完全不知道該從何開始。

「我知道很丟臉……但我想問問你們。」

亞倫環顧在場的男人們，認真地問：

「你們平時是怎麼和戀人相處的？我想作為參考。」

「咦…………？」

一行人不知為何語塞了。

亞倫不解地歪著頭，梅加斯和葛羅就目光游移了一下，喃喃回應：

「呃……當然是、那個啦！那個，就是……去約會之類的。」

「嗯，果然要去約會吧？應該是。然後送些花或首飾之類的東西……就好了吧？」

「要約會的話，會想牽牽手呢……」

「我想躺在她的腿上……」

其他人也只說了一些含糊不清的話，不和任何人對上眼。

亞倫沉思了一會，拍一下手。

「我看你們幾個都沒有戀人吧？」

「對啦，沒錯啦！我們不受歡迎，真是抱歉啊！」
「要是有女友，我們就不會在大白天來只有臭男人的酒吧了！」
「不……嗯，抱歉，這確實是我不好。」
亞倫看著嚎啕大哭的男人們，老實地道歉賠罪。
這也是因為他是在場唯一有戀人的人，心裡輕鬆了一點。
「我問了一個不受歡迎的你們很難回答的問題吧？我下次會注意的。哎呀，沒想到這裡頭只有我有戀人呢。呵……這樣啊，這樣啊。」
「可惡……別因為這樣就恢復了一點精神啊！」
「其實你根本和我們一樣是不受歡迎的類型吧！」
此起彼落的喝倒采聲悅耳極了。
亞倫的臉色稍微變好了一些，問題依然沒有解決。
他撫著下巴思考了一會後，小聲低喃：
「不過，你們剛才提出來的主意或許不錯呢。」
「你說的是……？」
「當然是……約會。」
約會。
戀人一起外出的活動。
就算是亞倫也知道這點常識。雖然在家中度過時光也叫約會，不過他們早就住在一起了，就當作不算在內吧。

（嗯，約會啊……非常可行。畢竟在家裡有露和戈瑟茲在，也沒有機會兩人獨處……）

雖然那兩隻姑且顧慮到他們，會跟兩人保持距離，不過兩人獨處的時間還是很少。以約會的名義一起出門的話，也能解決這一點才對。

「總之，把剛剛說的提議統整起來，就是兩人一起出門，再送一束花之類的，對吧？」

「嗯，應該那樣就行了吧？」

「啊，大街上有間年輕女性大排長龍的鬆餅店。去那裡的話，女神大人肯定也會很高興吧？」

「嗯嗯，原來如此……」

亞倫將四處飛來的建議一一寫在筆記本上。

和上次討論告白情境時一樣，彪形大漢們認真討論約會細節的光景相當詭異，就連女服務生都不想靠近。

不過，只有一個人不同。

就在會議差不多要結束時，一個挾雜著嘆息的聲音響起。

「唉呀……每一個都是令人噴飯的建議喵。」

「嗯？」

亞倫回頭一看，身穿制服的米雅哈站在身後。

這位是熟識的亞人送貨員，時常送報紙和貨物到亞倫家。黃綠色的貓耳顫了顫，她臉上露出傻眼的苦笑，與以往和藹的營業笑容不同。

「什麼啊，是米雅哈啊。妳在送貨？」

「是的喵，因為這邊的冒險者公會也是敝公司的老客戶喵～不過……魔王先生感覺很幸福，真是太好了喵。」

米雅哈悠哉地笑著。

因為每天早上都會去送貨，她聽亞倫說過他與夏綠蒂的事了。

在溫馨的祝福氛圍中，梅加斯和葛羅一行人不悅地皺起眉。

「喂，送貨員小姐……妳說令人噴飯，是指我們的建議嗎？我們說的有什麼不對嗎？」

「就是啊，就是啊！這可不能裝作沒聽到！」

「並不是不好喵，至少就像隨處可見的約會指南書上會寫的完美方案喵。」

米雅哈緩緩搖了搖頭。

隨後卻「呵……」地勾起唇角，用冷酷的眼神看向一行人。

「但是……正因為如此，該說是太照本宣科了，缺乏趣味性嗎？或者少了玩心，非常明顯沒有多少約會經驗喵……」

「唔嗚！」

那一秒，許多人的心被無情地挖了個洞。

亞倫也當然受到了一點打擊。

他失落地垂下肩，直望著寫下來的筆記。

「這樣沒有趣味性啊……那該怎麼做才是正確的？」

「反過來說，這沒有正確解答喵。」

米雅哈露出格外溫柔的眼神，輕輕把手放在亞倫的肩上。

「重要的是你想為對方做什麼喵。比起指南書，魔王先生應該參考的是至今為止和夏綠蒂小姐共度的時光才對喵。」

「至今為止的、時光……」

「沒有錯喵。為了讓夏綠蒂小姐幸福……想為她做什麼呢喵？」

亞倫在心中細細消化米雅哈的問題。

「我……想為夏綠蒂……！」

想為她做些什麼？

這從相遇時起，就一直沒變。

「我要教會她這世上所有的歡愉，讓她成為所有快樂的俘虜……我想讓她變成沒有我教的壞壞的事，就活不下去的人！」

「有更好的講法吧！」

「不好意思……這個人只是言行舉止很像反派到令人絕望，但他其實是好人……所以那個，可以不要報警嗎……？」

葛羅說出近似哀嚎的吐槽，梅加斯他們則幫忙向退避三舍的客人們解釋。在這之中，米雅哈滿意地點了點頭。

「這才是魔王先生喵。你不需要笨拙地偽裝自己也沒關係，一如往常就好了喵。」

「謝謝妳，米雅哈！妳是我的恩人……！」

亞倫握著米雅哈的手，高聲向她道謝。

他之前那麼煩惱，現在卻都像是假象，眼前豁然開朗，也可說是頓悟了。

不過，此時他背後傳來怯生生的聲音。

「啊，亞倫先生？」

「唔……！」

只見夏綠蒂就站在身後。雖然她的打扮一如往常，但在亞倫的眼中格外耀眼。

他吞了吞口水後，緩緩開口：

「啊、嗯，審查已經結束了嗎？結果如何？」

「是的，很順利……」

夏綠蒂這麼說著，轉頭看向戈瑟茲和露。

戈瑟茲的脖子上綁著全新的領巾，看起來心情愉悅地瞇起眼。

『呵呵……那些問題簡直就像兒戲。』

『妳也為在一旁盯著妳，以免妳出手太重的露想想啊，奶奶。來，這個是犒賞妳的蘋果。』

『喔喔，露閣下，感激不盡。』

露輕輕將一顆蘋果遞給戈瑟茲。大概是因為有許多兄弟姊妹，牠很會照顧人，監視和照顧都做得萬無一失，是一對相當不錯的搭檔。

這樣一來，兩隻魔物都順利地成為夏綠蒂的隨從了。

不過，夏綠蒂的表情感覺不是很高興。

「怎麼了？出了什麼問題嗎？」

「不、不是……那個……」

「那、那個，魔王先生……！」

夏綠蒂不停瞄著亞倫，不安地皺起眉。

另一方面，米雅哈不知為何開始慌張起來。

他對這完全無法理解的現狀感到不解時，夏綠蒂下定決心似的開口，浮現出落寞的笑容——

「那個，你在和米雅哈小姐說話嗎？這樣的話，我和小露牠們去那邊等你。」

「啊……？有必要——」

離席嗎？他想這麼說，但話還沒說完便猛然驚覺一件事。

剛才米雅哈給的建議讓他十分感動，他現在仍握著米雅哈的手。

「唔！不是的！絕對不是那樣的！」

「呀啊！」

亞倫慌張地和米雅哈拉開距離，趕緊抓住夏綠蒂的手。

接著他筆直地望著夏綠蒂的雙眼，拚命解釋：

「我只是請米雅哈給我一些意見，絕對沒做虧心事。我向天地神明發誓，我對妳專情如一，相信我吧！」

「咦？啊！唔…………好、好的……」

大概是感受到了他的心意，夏綠蒂漲紅著臉低下頭，亞倫暫且放下心來。另一方面，店裡眾人「嗚哇——！」地感嘆，充滿著溫馨的氛圍。

亞倫和夏綠蒂凝視著彼此時，梅加斯和葛羅他們悄悄和米雅哈討論。

「真的不能用安全的約會方案嗎？」

「不，老實說是沒關係喵，那個方法比一股腦地提起幹勁，卻失敗收場還可靠許多喵。」

「那妳剛才為什麼要全盤否定啊？」

「你們想想……若是魔王先生想來場常見的約會，絕對只會因為緊張，腦袋變得一團亂喵。既然如此，那讓他表現得跟往常一樣會更好吧。」

「對喔……畢竟那個人是會在緊要關頭出包的類型嘛。」

「小妹妹，妳很有看人的眼光呢……」

好像聽到有人在窸窸窣窣地說著失禮的話，不過先忽視掉吧。

亞倫握著夏綠蒂的手，用認真的表情開口：

「那個，夏綠蒂……」

「是、是的……？」

夏綠蒂一臉不安地微歪著頭。

臉龐的角度、微微閃爍的雙眼、從微微打開的雙唇中能窺見的白牙……這一切映照在亞倫眼中都在閃閃發亮。

（太、太奇怪了……她有這麼可愛嗎……？）

自從心意相通後，她看起來更加有魅力。

亞倫不禁吞了吞口水。雖然他該說的話差點跟著唾液一起被吞下肚，不過他勉強忍住，並用力地大喊：

「拜託妳！和我……去約會吧！」

「咦？」

聞言，夏綠蒂僵在原地。

也因為這樣，亞倫只感到驚慌失措——

「啊！妳、妳不想去嗎……？」

「沒、沒有，沒有那回事……約會……約會、啊……」

夏綠蒂的雙頰染上紅暈，羞赧地微微笑著。

「我、我很高興你邀請我，請多多、指教。」

「唔……！」

那一刻，一陣電流竄過亞倫的身體。

他有一股衝動想抱起夏綠蒂，就這樣繞城鎮一圈……但幸虧他的身體僵著，無法動彈才沒鬧出大事。

「好……好，那就明天，我們明天出門吧！就我們兩個人。」

「好、好的，兩個人、一起。」

亞倫和夏綠蒂就像快壞掉的機關人偶，生硬地對話。

『露和奶奶要看家啊……』

『唯有這點無可厚非，畢竟打擾他們初次約會實在不可原諒啊。』

不僅是露和戈瑟茲，店裡的客人們都用溫暖的眼神望著他們。

這時，亞倫細細品味著這份湧上心頭的喜悅。

（還好我有告白……！我是世界上最幸福的人……！）

明明都還沒約會，卻已經幸福到了極點。這下要是去約會會怎麼樣？他只想像得到死亡，不過他認為這樣死也能瞑目了。

就在他呆愣地想著如此無關緊要之事的時候。

「唔…………！」

四周突然竄過一絲強烈的氣息，亞倫微微屏息。

剛才那肯定是殺氣。

只有一瞬間又很微弱，所以在場察覺到這件事的人似乎只有亞倫和……露跟戈瑟茲而已。兩隻魔物都緊閉著嘴，若無其事地觀察周遭的情況。

「亞倫先生？怎麼了嗎？」

「不、不，沒什麼。」

夏綠蒂微歪著頭看他，但亞倫笑著斷言。

（剛才的殺氣……不會有錯，是針對我們的。）

亞倫悄悄看向桌上。

上頭擺著幾只玻璃杯，倒映出酒吧內的情況。

慈愛地注視著他們的客人、遠遠觀望的女服務生、毫不在意，在胡鬧的傢伙們……還有在一個小角落……

「…………」

一名獸人安靜地喝著劣等酒。

他全身布滿細小的黑毛，臉型是豹，右眼用眼罩蓋住。那個獸人直盯著他們，而他手上攤著一張紙。

錯不了，那是——夏綠蒂的通緝令。

那天深夜。

在夏綠蒂熟睡後，亞倫、露及戈瑟茲在客廳面面相對。光源只有一盞燈，黑暗幾乎籠罩了整個房間，夜晚寂靜到幾乎聽不見蟲鳴聲。

此時，亞倫將一疊紙丟到矮桌上。

他一邊嘆氣，一邊說出白天在冒險者公會看到的敵人名字。

「那個獸人的名字叫利卡多．烏巴，是賞金獵人。」

『賞金獵人？』

『簡單來說，就是抓捕罪犯，賺取懸賞金的人。』

戈瑟茲淡然地對一臉疑惑的露解釋。

接著那細如絲線的眼睛微微睜大，直望著亞倫。

『也就是說，這個叫利卡多的人盯上了夏綠蒂大人。這麼說沒有錯吧？』

「這是最合理的判斷……」

亞倫坐上沙發，嘆了口氣。

亞倫在冒險者公會很輕鬆就查到了他的名字。

還得知他是個不擇手段，抓捕過許多通緝犯的資深老手。

話雖如此，打從亞倫決定讓夏綠蒂待在身邊的那天起，他就預料到會發生這種事了。

加諸在她身上的懸賞金非常高，就算報紙上的報導減少了，對賞金獵人來說也無所謂。

（不過，事到如今，一般來說……會在這個時候出現嗎？）

兩人順利發展為戀人，還約好要去約會了。

這時候卻突然出現一個敵人。

可謂從天堂掉到地獄的意外發展。

亞倫抱頭苦惱，露卻隨性地說：

『喔～那很簡單啊。』

牠舔了舔嘴巴，咧嘴露出犬齒，猙獰地笑道：

『吃掉他就好啦！露一口就能吞掉他！』

「……事情沒那麼簡單。」

亞倫緩緩搖搖頭。

「那傢伙聽說擁有私人部隊，總會團體行動，進行狩獵。不過，我沒有查到成員數量，只要漏掉一個人，夏綠蒂的所在處就有可能被洩漏出去。」

『嗯，也就是說，需要將他們連根拔除。』

「沒有錯。而且，還有個重要的事情。」

亞倫來回看了看點點頭的戈瑟茲和露，伸出食指。

最重要的事情就是——

「絕對不能殺死敵人。僅只如此。」

『哦……？你又說了很奇怪的話呢。』

戈瑟茲從喉嚨發出輕笑。

『吾以為閣下不是如此有人性的人……竟然會同情敵人，究竟是出於什麼理由？』

「當然，我也經歷過相當危險的生死關頭，所以我不會說我從來沒奪取過他人的性命。」

面對抱著殺意襲擊而來的敵人，亞倫的控制力沒有強大到能對對方手下留情。

如果沒有任何理由，他都會徹底解決掉敵人。

「但是，這是夏綠蒂的問題。要是她知道自己害別人喪失性命……肯定會十分痛苦。」

縱使沒有被她發現，亞倫也不希望她的人生蒙上陰影。

可以的話，他希望她毫不知情，保持純潔，一如往常地面帶笑容。亞倫只有這個期望。

「所以我們要引誘出所有敵人，活捉起來。之後我會對所有人施予洗腦魔法，消除所有關於夏綠蒂的記憶。這樣就解決了。」

『講得可真簡單呢。』
「妳反對嗎？露。」
『……怎麼會。』
露搖搖頭後，用銳利的眼神注視亞倫。
『若是媽媽會難過，那露就不吃任何人。只要交給露，要活捉敵人也很簡單。』
「嗯，謝謝妳。」
『才不是為了你，是為了媽媽。』
露冷淡地別過頭。
雖然口氣很粗魯，不過為夏綠蒂著想的這份心意是貨真價實的。亞倫輕輕摸了摸幹勁十足的露的腦袋，看向戈瑟茲。
「那妳呢？戈瑟茲。」
『吾當然會協助你。』
戈瑟茲深深低下頭。
接著，輕嘆了一口氣。
『日前吾自以為是地為了夏綠蒂大人的幸福，做出了輕率之舉……吾如今感到十分慚愧。最為那位大人著想的，只可能是你。』
「哼，妳終於明白了啊。」
亞倫向後靠上沙發，一臉得意。

「那當然，畢竟我可是夏綠蒂的…………夏綠蒂的、那個、什麼……嗯。」

『你是在煩惱要自稱為監護人還是戀人嗎？』

『你真的就是這種地方不好。』

「哎呀，少囉唆！這不重要，問題是那群壞人！」

兩隻魔物都冷眼看著他，因此亞倫硬把話題扯回來。畢竟他們才開始交往一週，要自稱為戀人還是需要很大的勇氣。

暫且不管這個。

「我不著痕跡地去打聽過……據說利卡多從一個多月前就出現在那座城鎮了。」

『從那麼久之前就在那裡，現在才盯上媽媽嗎？』

「在這之前，他都在獨自探查情報。」

先由首領利卡多尋找目標，接著仔細觀察，若判斷有辦法抓到就會召集手下，集體行動抓捕獵物。

那似乎是他們的手法。

「最近這幾天，鎮上像利卡多這樣的獸人好像變多了。看來他們打算最近出手。」

『嗯～……明明有露我們在，還真是小看我們呢。』

露呼嚕低吼。

實際上，夏綠蒂的身旁有本領高超的魔法師、芬里爾和地獄水豚。連亞倫自己都認為就算對方集體發動襲擊，他和兩隻魔物也是相當難纏的對手，

戈瑟茲也撫著下巴，低吟著仰望天花板。

『他們大概是打算發動奮力一搏的特攻，或是他們相當有自信吧。』

「沒錯，所以只能由我們來解決。」

『不靠貓咪大姊姊和那些壯漢嗎？』

「那些傢伙沒能察覺到利卡多的殺氣。就由我們幾個來應付吧。」

在場的人裡，注意到利卡多的就只有這三名。

把米雅哈他們牽扯進來也只會讓他們暴露在危險之下。

（向艾露卡、叔叔和阿姨求援也不壞……但大概會花費許多時間。）

畢竟繼妹的艾露卡正在受託調查事情，養父母也都很忙碌。

就算是亞倫的請託，也不可能馬上動身吧。

因此實戰部隊只有在場的三位。而且要一決勝負的話，越早越好。

「總之我想……在明天分出勝負。」

『明天……？你說的明天，該不會……』

「沒有錯。」

露倒抽一口氣。看來牠已經知道亞倫想說什麼了。

亞倫輕笑一聲，露出無畏的笑容，大聲宣布：

「明天，我會和夏綠蒂去約會，同時引誘敵人出來……我會把所有攻過來的敵人活捉起來！

當然也不會讓夏綠蒂發現！」

『你是笨蛋嗎！』

「妳在說什麼？我想了很多，這是最快的方法。」

既然不知道敵人什麼時候會出擊，那主動露出破綻就好了，這樣也比較好應對，也可以一網打盡。

這樣的話，約會的情境十分適合。畢竟會兩人獨處，還會大肆散發出得意忘形又大意的氣息才對。

聽他這麼說，戈瑟茲瞇起眼睛。

『但是，這不就等同於拿夏綠蒂大人當誘餌嗎？』

「我不否認。雖然我會盡全力保護她，但還是很危險。」

亞倫只能聳聳肩。

這個作戰就等同於拿夏綠蒂當作誘餌。其實讓她待在家裡，直到確定安全才是最好的，但是亞倫有不能這麼做的苦衷。

亞倫扶著額頭，呻吟似的說道：

「那傢伙……很期待明天的約會吧？妳覺得我能告訴她賞金獵人盯上了她，所以約會要無限期延後嗎？」

『啊啊……說得也是。』

戈瑟茲萬分理解地搖了搖頭。

自從說好明天要約會，夏綠蒂就一直坐立難安。

吃飯時也心不在焉，每次和亞倫對上視線就會緊抿著嘴，雙頰泛紅，甚至早早就洗好澡——

「明天那個……………我、我有許多事不懂，還請多多指教！」

這麼說完，就逃也似的躲進自己的房間了。

露也露出難看的表情。

『確實，媽媽……睡前還非常煩惱明天要穿什麼衣服、戴什麼飾品……』

『還說她心臟怦怦跳，睡不著，要吾唱搖籃曲呢。』

「對吧？對吧……真是的，真的……唉。」

亞倫仰望著天花板，神色愉悅地低喃：

「我的戀人太可愛了，好難受。」

『欸，奶奶，露差不多可以咬這傢伙了吧？』

『不可以喔，露閣下。這種傢伙也是寶貴的戰力。』

戈瑟茲拍了拍發出低吼的露，安撫牠。

就算被兩隻魔物用冰冷的視線看著，亞倫仍深深沉浸在戀人的可愛中。

她這麼期待，亞倫無論如何都必須讓第一次約會成功。

「說到底，那傢伙是會顧慮到自己的情況而拒絕我告白的人，要是她知道自己被盯上，一定會更加愧疚。所以裝出若無其事的樣子，暗中處理掉是最好的。」

『嗯，這倒是沒錯……』

戈瑟茲緩緩搖了搖頭。

在場所有人都十分了解夏綠蒂的個性。

「所以我和夏綠蒂明天會照常去約會，麻煩妳們偷偷在後面跟著我們，要是發現可疑人物就一一活捉，我也會盡量解決敵人。」

『而且不能被夏綠蒂大人發現，對吧？』

『嗯～那是沒問題……但露和奶奶會不會太引人注目了？』

「那不要緊，我會對妳們施予魔法。」

有種魔法名為認知阻礙魔法。

這是讓人看不見某樣東西，或是看成其他東西的術式。只要有這個魔法，不僅可以偽裝外貌，戰鬥能力也不會改變，是十分適合這次祕密作戰的魔法。

「總之，露就變成小狗的模樣……戈瑟茲要變成什麼呢？妳有要求嗎？」

『沒有那個必要。』

戈瑟茲緩緩搖頭。

『吾理解你為夏綠蒂大人著想的心了。若是這樣的話，吾也助您一臂之力吧。』

「不，那個……妳不要那麼有幹勁比較好。」

看過牠前陣子的失控模樣後，亞倫只感到不安。

老實說，讓牠加入這場作戰的風險也很高，甚至令亞倫感到猶豫。

戈瑟茲不理會一臉苦澀的亞倫，站起身。

『吾戈瑟茲會全力支援兩位的約會。畢竟自古以來，有一句話叫「妨礙他人戀愛的人會被地獄水豚制裁」。』

「我完全沒聽說過耶……」

『這是當然的，因為是吾剛才想到的。』

「喂！」

『好了好了，先別管這個了。來來來，請兩位好好看著。』

「唔喔！」

戈瑟茲將兩隻前蹄併攏，聲音莊嚴地道：

『地獄森林鼠流奧義……「水面漣漪」！』

伴隨著一聲「啵！」的清脆聲響，戈瑟茲的身影消失在煙霧之中。

不久後那陣煙霧散去，出現的身影是——

「呵，這是為了在人類城鎮享用『美食』而習得的變幻技……沒想到有一天會像這樣用到它呢。」

國色天香的絕世美女。

面前站了一位只能如此形容的人。

外貌大約二十歲，眼尾微微下垂，嬌豔的雙唇極為魅惑。雖然額頭上隱約有個╳型傷疤，但那也散發出危險的魅力。

她身穿著晚宴會穿的漆黑禮服，燙著些微波浪捲的亞麻色長髮長至腰際，襯托出勻稱的身材曲線。

美女勾起艷麗的唇瓣，用清澈的聲音朗聲道：

「這個模樣的話，應該也能輕鬆讓敵人們大意。吾戈瑟茲會守護兩位的約會，將敵人一網打盡。」

「…………」

『…………』

亞倫和露一動也不動，都僵在原地。

不過，亞倫接著重重嘆出一口氣，拍了一下手振奮士氣。

「好，那就這樣吧。我先告訴你們明天的約會計畫，拜託妳了喔，露。」

『包在露身上，這可是為了媽媽啊。』

露也精神飽滿地闡述鬥志。

看著兩人振奮激動的模樣，美女──戈瑟茲無奈地聳了聳肩。

「哎呀呀，竟然完全不吐槽。看來現代的年輕人十分欠缺慰勞老人的心啊。」

「說真的，妳暫時給我閉嘴。」

『抱歉，露也同意亞倫的話。』

槽點再多也該有個限度。

◇

決戰當天，夏季的天空從一早就爽朗無比。

強烈的陽光灑落，微風輕輕吹拂，綠意搖動。

沐浴著從窗外灑入的太陽，亞倫在客廳讀著報紙。

話雖如此，他當然完全沒有將內容讀進腦袋中。

他很明顯緊張到全身僵硬，此時，客廳門被悄悄打開。

「啊！早、早安……」

「喔、嗯，早安。」

探出頭的是夏綠蒂。

她仍穿著睡衣，頭髮也亂糟糟的。看見她剛起床、毫無防備的模樣，亞倫的心臟用力跳了一下。

雖然自從一起生活之後，他看過這樣的她無數次……但自從察覺到自己的心意，亞倫就對這種不經意的瞬間完全沒有抵抗力。

不理會倉皇失措的亞倫，夏綠蒂環顧四周，不解地微歪著頭。

「那個，你知道小露和戈瑟茲小姐在哪裡嗎？我醒來時，牠們都不在床上了。」

「妳不用擔心那兩隻。」

亞倫將報紙摺好，聳了聳肩。

「今天牠們好像要一起出門，說要去托鄂洞窟那邊，和其他魔物一起修行之類的。」

「是這樣嗎？」

「好像是妳睡著之後才決定的，牠們一大早就出發了喔。」
亞倫盡量用平淡的聲音告訴她。
當然，這都是謊言。他十分害怕夏綠蒂會發現。
不過，夏綠蒂露出柔和的笑容。
「那、那麼……」
「嗯？」
「只……只有我們、兩個人、呢……」
「…………是啊。」
亞倫搔了搔頭，站起身來。
他緩緩走近神色有點緊張的夏綠蒂，直視著她的雙眼。
「那個，夏綠蒂。」
「是、是的。」
「老實說，我沒有這方面的經驗，和別人交往是我完全不了解的領域，所以，那個……怎麼說呢？」
吞吞吐吐片刻後，亞倫嘆著氣續道：
「我想讓妳開心……不過老實說，這場約會可能會讓妳期待落空。當妳有這種想法時，不用客氣——」
「……那是不可能的。」

夏綠蒂微微一笑，輕輕握住亞倫的手。

雖然她的手似乎因為緊張而微微顫抖，不過她的手上傳來令人安心的溫度，讓亞倫的緊張迅速消融。

「我也從來沒想過，自己會像這樣……喜歡上一個人，所以、呃，光是能和亞倫先生在……在一起，我就很幸福了。」

「夏綠蒂……」

看見她漲紅著臉，吞吞吐吐地拚命說出這番話，亞倫用力點了點頭。

「能聽到妳這麼說，我也很高興。不過……」

他露出狂放的笑容，緊緊回握住夏綠蒂的手。

「如果老是受到妳包容，我這個男人就太沒出息了。我會用盡全力讓妳開心的！甚至超越我至今教妳的壞壞的事！」

「呵呵……我很期待。」

看著幹勁十足的亞倫，夏綠蒂輕笑出來。

不過，她忽然放開亞倫的手。

「啊，我去準備出門。不好意思，要讓你等我一下。」

「沒什麼，反正要是太早出門，店家也還沒開。妳可以慢慢來，吃完早餐再出門吧。」

「好的！」

夏綠蒂留下燦爛無比的笑容，快步離開客廳。

亞倫微笑著目送她離開——

「太可愛了吧，可惡！」

亞倫摀住臉，腿軟地雙膝跪地。

他早就知道她很可愛了，只是，她既有的「可愛值」每秒都會不斷更新，有辦法承受的人才奇怪。亞倫在地上打滾，朝向窗外大喊：

「妳們看到了嗎？我的戀人竟然如此……如此堅強又可愛……！」

「唉，這樣啊。」

『你真的哭了耶……』

探出頭的是絕世美女，以及白色的中型犬。

這是用魔法變身的戈瑟茲和露。

今天，他們從一大早就像這樣待命，為兩人的約會做準備。

這兩隻魔獸受不了地皺起眉頭，只靜靜望著亞倫的糗樣。

『你這個樣子，真的有辦法保護媽媽嗎？』

「…………當然可以。」

他會讓初次約會安然結束。

和夏綠蒂聊過之後，他再次堅定了那份決心。

亞倫緩緩站起身……向前伸出拳頭。

在他眼中的，是炙熱燃燒的鬥志之火。

「妳們看好了！無論是約會還是打倒敵人，我全部都會完美做到！這才是真男人！」
亞倫提出的作戰十分簡單。
首先是帶夏綠蒂上街逛逛。
若是壞人在這時候出手，他會回擊並繼續進行約會，然後不斷如此重複。
就像在釣魚一樣。
畢竟沒人能保證壞人會因此上鉤，而且還有露和戈瑟茲這層保險。
因此，亞倫決定先全心專注於約會，然而來到鎮上後，他的計畫馬上就落空了。
今日鎮上也十分熱鬧。
有父母帶著孩子全家出遊，還有一群冒險者……再加上像亞倫他們這樣的情侶。在壅擠的人潮中，亞倫再次開口——
「好，那我們走吧……呃，怎麼了？」
「唔嗚……」
夏綠蒂拉低帽子，模樣不安地左右張望。她的頭髮，是平時的金色。
夏綠蒂不安地往上望著他。
「我真的……不用把頭髮染黑嗎……？」
「嗯，不會有問題的。」
亞倫淡然地對她說。
她之前出門時之所以會染黑頭髮，是為了變裝。

但是，亞倫認為已經沒有那個必要了。
「因為這個鎮上已經沒有妳的通緝令了。在那之後也過了一段時間，應該不需要變裝了。」
「可、可是……」
「咦？」
夏綠蒂似乎無法接受，一直縮著身子。
這時候，有人向他們搭話。是個背後揹著大背包，看似攤販的女子。亞倫對她直爽的打扮有印象。
「喔喔，是之前的老闆娘啊。」
「好久不見了呢，大魔王先生。」
亞倫舉起一隻手，女性則輕輕點頭致意。
以前來鎮上時，他曾在一個攤販上買下夏綠蒂的髮夾，這位就是那時候的老闆娘。
「那邊的小姐也好久……哎呀。」
「唔……！」
她也看向夏綠蒂，稍稍歪了歪頭。
她的反應讓夏綠蒂一顫，縮了縮身子，但老闆娘溫和地笑著。
「妳染頭髮了啊？是想轉換心情嗎？」
「咦？」
「嗯，這樣子比較適合妳呢。我賣出去的髮夾也很高興喔。」

看見髮飾點綴著夏綠蒂的金髮，老闆娘笑得瞇起眼睛。

不理會愣住的夏綠蒂，她低下頭。

「那麼我先走了，我都會待在那個地方，歡迎你們隨時再來喔。」

「那當然。不嫌棄的話，我們稍後就去。」

和老闆娘道別後，亞倫對她露出笑容。

「妳看吧，就像這樣，畢竟這個鎮上的人們都看過黑髮的妳，現在就算用原本的髮色上街，也只會被認為是轉換風格而已。」

「原、原來如此……」

夏綠蒂點點頭。

看見她如此坦率，亞倫露出苦笑，輕撫她的頭。

「說到底，妳本來沒有做虧心事，以往沒辦法大方地走在街上才奇怪呢。」

「……謝謝你。」

夏綠蒂露出淺淺的微笑，抬起原本低著的頭。

看來成功讓她想通了，亞倫也鬆了口氣。

「好，那我們走吧……不過在這之前。」

「怎、怎麼了？」

亞倫伸出右手，夏綠蒂則睜大了眼。

……看來需要多解釋一下。

亞倫吞了吞口水，再次支吾地說：

「那個……為了避免走散，我們牽手吧。」

「好……好的。」

他們以往來過這座城鎮好幾次，一次也不曾走散，就算真的走散了，只要回宅邸就好了，所以夏綠蒂應該也知道這不過只是藉口。

縱使如此，夏綠蒂也沒有出言拒絕。

她怯生生地握住亞倫的手，露出羞赧的笑容。

「嘿嘿嘿……畢竟我們不能走散啊。」

「對，為了避免走散。」

亞倫也回以生硬的笑容。

兩人就這樣握著彼此的手，緩緩邁步向前。

（啊……我的戀人既堅強又可愛，手也小小的，緊張到冒汗也可愛極了……要是沒有殺氣來打擾就無可挑剔了！）

亞倫在心裡暴怒。

他們一來到鎮上，周遭情況就不對勁。

猶如細小荊棘的眾多殺氣從四面八方射來。

那有別於嫉妒情侶的目光，是只能在戰場上感受到，使皮膚發麻的那種殺氣。再加上那些殺氣薄弱又數量眾多，難以摸清全貌。

恐怕是利卡多率領的那群人吧。

看來他們幹勁十足，想全力攻擊我們。

（哈……好吧。如果你們動手，我也不會手下留情。讓我用盡全力，狠狠擊潰你們吧！）

正當亞倫要浮現出猖狂的笑容時——

「嘿嘿嘿，真開心呢，亞倫先生。」

「就是啊，好開心。」

聽到雙頰緋紅的夏綠蒂這麼說，那笑容瞬間變得相當羞澀。

亞倫先來到遠離大街的一條小巷。

那裡人流稀少，只有比鄰相接的住宅。

雖然夏綠蒂一臉疑惑，仍緊緊牽著亞倫的手跟了上去。

「請問我們究竟要去哪裡？」

「我想來買點東西。喔，就是這裡。」

「這裡、嗎……？」

亞倫指著從小巷分岔出去的狹窄小路。這條昏暗的小路夾在建築物之間，空氣有些潮濕，不過亞倫毫不在意地繼續往前。

在那深處，有一棟簡陋的小屋。

一打開小屋的門，夏綠蒂瞪大了眼。

「哇啊……！」

門的另一端，映入眼簾的是巨大的空間。

左右兩邊的牆壁上有一排櫃子，一直延續到挑高的三樓。書櫃上塞滿了乾燥的花草和礦物等等。

還有漂浮在空中的水晶、黏在牆上的史萊姆等奇妙的物體，看起來就像物品繁雜的博物館。而且這一幅景象一直延續到視線所及之處。

亞倫已經看慣了這個地方，但這是他第一次帶夏綠蒂來這裡。她訝異地左右張望。

「看、看不出來這間房子有這麼大……這是怎麼回事？」

「裡面用魔法扭曲了空間。比起這個……」

亞倫暫且放開夏綠蒂的手，也看了看周遭。

雖然乍看之下看不到人影——

「喂～是我，店長或是其他人在嗎？」

「咦？亞倫先生？」

二樓傳來聲音，回應他的呼喊。

亞倫抬頭一看，從陰影處出現的是位坐著輪椅的青年。一頭深沉的紅髮長及肩膀，臉上露出柔和的笑容。

「真是稀奇，你竟然會來到店裡。是來討論藥水的事的嗎？」

「不，和藥水無關，我想買點東西。店長在嗎？」

「他現在去進貨了……不嫌棄的話，我來幫你找。請等我一下。」
說完，輪椅就輕飄飄地浮在空中，降落到身在一樓的亞倫兩人面前。
青年向夏綠蒂微微點頭致意。
「妳好，妳是夏綠蒂小姐對吧？初次見面。」
「是、是的，初次見面……？」
夏綠蒂戰戰兢兢地低下頭。
她直望著青年的臉，接著歪過頭。
「那個……我們有在哪裡見過面嗎？」
「妳想想，他是之前在街上被艾露卡逼問的那個男人。」
「呃……啊！是那時候的！」
「我是基爾．康斯坦，請多多指教。」
之前亞倫、夏綠蒂以及艾露卡曾一起上街。
那時候，艾露卡上前攀談的人，就是基爾。
「這裡是魔法道具店，基爾是這裡的店員。」
「雖然我才來一個月就是了。是艾露卡小姐介紹我來的。」
「原來是這樣……是魔法店啊。」
夏綠蒂更感興趣地環顧四周。
此時，亞倫疑惑地歪著頭低語。

他之前曾拜託繼妹艾露卡去調查關於夏綠蒂祖國的事。
「不過，艾露卡那傢伙還不回來呢……至少連絡我一下啊。」
「喔，她有寄信給我，說差不多要回來了喔。」
「是嗎？不過她為什麼不是寄信給我，而是寄給你……」
「……咦？」
基爾露的笑容頓時僵住。
「你該不會……沒有聽艾露卡小姐說過吧？」
「說什麼？」
「啊～……那麼，我下次再正式去拜訪你。」
「就說了，為什麼要來拜訪我？」
基爾露出奇妙的表情。
亞倫只不解地歪著頭，不過他感覺到對方無意繼續說下去，便切換思考。
「算了，今天我是來買夏綠蒂的東西的。」
「咦？我、我嗎？」
「沒錯，就是妳。」
大概是因為話題忽然轉向自己，夏綠蒂瞪大著眼。
亞倫對這樣的她笑了笑，點點頭。
「我覺得，妳也差不多可以學習魔法了。」

「魔法……嗎？」

「沒錯。雖然有露和戈瑟茲在，不過防身手段越多越好。」

亞倫他們會全力保護夏綠蒂。

但是，如果能學會一點戰鬥方法，夏綠蒂應該也會比較放心。

她作為魔物師的才華優異，亞倫認為她一定也能馬上學會魔法。

「而且……」

他拍上夏綠蒂的肩膀，一臉爽朗地說：

「對看不慣的人使用攻擊魔法的快感，可是這世上能排進前五名的壞壞快感，我也想讓妳嚐嚐那種滋味。」

「這、這樣啊……」

「大概只有一部分的人才會覺得那是快感啦……」

雖然基爾露出有些害怕的苦笑，但馬上用營業笑容掩蓋過去。

「不過這樣的話，買個初學者用的魔杖會比較好。我們這裡有些庫存喔。」

「在哪一區？我們過去找，順便散散步。」

「請等我一下，我畫個地圖。」

說完，基爾拿出紙和筆，寫下路線。店內十分寬敞，就連造訪過好幾次的亞倫都還沒掌握到全貌，似乎還會定期出現受困的客人。

「來，請收下。若是不知道路請叫我，無論你們在哪裡，我都會趕過去的。」

「謝了。順帶一提，我有一些事想問問你……」

「什麼？」

亞倫在歪著頭的基爾耳邊悄悄詢問：

「現在，這間店裡有幾個人？」

「……除去一般客人的話，大概有十幾名吧。」

「嗯，那些人恐怕全是我的客人。你不用出手沒關係。」

「啊～原來如此。不過，你一個人不要緊嗎？」

「沒問題，我還有幫手。」

「那我就恭敬不如從命了。我正好在想店長不在，我該怎麼解決這麼多人呢。」

基爾大方地點了點頭。

店內鴉雀無聲，充滿了靜謐的氣息，其中有淡淡的殺氣從四面八方刺來。和在街上感覺到的是同樣的殺氣。

基爾不再多問什麼，笑著送走兩人。

「那麼，還請小心。」

「嗯，等等見。」

「非常謝謝你。」

夏綠蒂也向他低頭致意後，兩人再度併肩邁開步伐。

和街上不同，店裡沒有任何人影與他們錯身而過。大概是擺在附近櫃子裡的商品十分罕見，夏綠蒂左看右望，不安地微微歪過頭。
「可是……我能使用魔法嗎？放在這裡的東西，我也完全不知道是什麼。」
「沒什麼，慢慢學就好了。最基礎的魔法連小孩子也能駕馭。」
亞倫笑著鼓勵她。
「老實說，大概剛遇見妳時，我就想過要教妳魔法了。」
撿到她的時候，他沒有想到兩人會相處這麼久。
所以，他想先教會她生存方法。
不過事情就像這樣不斷向後推延，遲遲沒有實行。
「因為比起魔法，還有更多必須教會妳的事情，所以就完全專注在那邊了。」
「那是指……壞壞的事情嗎？」
「沒錯，那時候的妳真正需要的不是戰鬥的技能……而是放鬆的方法。」
亞倫誇張地聳聳肩。
「不過，一開始很辛苦，因為我要妳自由活動，妳卻跑去數地板木紋。」
「嗚嗚……因為，我不知道其他消磨時間的方法嘛。」
夏綠蒂垂下眉尾，害羞地染紅雙頰。
不過，她馬上握緊了拳頭。
「可是，現在我已經不一樣了。若是有時間，我一個人也能做到壞壞的事情！」
「哦？比如說？」

「這、這個嘛，比如幫小露梳毛、看書、練習做飯，還有……」

此時夏綠蒂有些吞吞吐吐，怯生生地瞥著亞倫的臉開口：

「看著亞倫先生午睡時的睡臉……？」

「……妳有做那種事嗎？」

「我、我沒有做過那麼多次啦！只、只有做過一次或兩次而已！」

夏綠蒂開始語無倫次地辯解。

這模樣簡直就是不打自招，坦承自己做過了很多次。

（算、算了……如果這代表夏綠蒂有所改變，那就算了吧……）

雖然有些難為情，不過這個事實讓他很高興。她已經不會再去數地板的木紋了吧。

不過，此時亞倫忽然很在意一個問題。

「對了，我們開始交往大概是在一週前吧？」

「咦？啊，是的，是這樣沒有錯……」

「在這期間，我從來不曾午睡過……」

亞倫不解地微歪著頭，直率地問她：

「妳是什麼時候偷看我的睡臉的？」

「……」

「欸，是什麼時候開始的？該不會是在我察覺到自己對妳的心意之前就——」

「啊！亞倫先生！那邊有很多魔杖耶！」

夏綠蒂打斷亞倫的話，手指向另一邊。

那裡確實有個櫃子收著各式各樣的魔杖。

夏綠蒂面紅耳赤地快速說道：

「基爾先生說的就是那裡對吧！我們快點過去吧！」

「不不不，妳先回答我的問題。欸，夏綠蒂，是從什麼時候開始的？說到底，我醒著的時候妳也可以看著我喔。」

「這、這怎麼行！你醒著時太帥了，我會害羞到不敢看……什麼事都沒有！我們走吧！」

夏綠蒂最後不禁狂奔出去。

「這樣啊……」

亞倫踩著悠閒的步伐追上她。他知道自己露出了比平時還鬆懈的表情，不過他也無可奈何。

兩人一邊嘻笑打鬧，來到有一排展示櫃的一個角落。

簡直就像博物館裡的展覽，被放在玻璃櫃中的魔杖等距排列著。夏綠蒂湊近去看，嘴裡發出一聲驚嘆。

「哇啊……好漂亮喔。這些全部都是魔杖嗎？」

有木製的、白石削成的、鑲嵌著好幾顆寶石的……雖然都統稱為魔杖，外觀卻千差萬別。有的還有刻著工匠的印記。夏綠蒂一臉新奇地望著。

對此，亞倫大方地點頭。

「是啊，放在這裡的都是用來輔助初學者的。」

「還有那麼多種類嗎？」

「是啊，有施了火炎魔法的魔杖等等，只要一揮就能產生火球。」

那是一種魔法道具。雖然有個缺點，就是使用次數有限，不過因為任何人都能隨意使用魔法，在冒險者之間很受歡迎。

不過，放在這裡的魔杖沒有那種淺顯易懂的效果。

亞倫伸出食指，指了指自己的腦袋。

「使用魔法時必須集中精神，在腦中描繪出明確的印象。放在這裡的魔杖能對此產生助力。」

「也就是說……只要握著魔杖，就能提升專注力嗎？」

「嗯，簡單來說就是這樣。雖然習慣之後就算不用魔杖也能施法，不過一開始是必需品。」

魔杖不只能加強專注力，還能煉成魔力、輔助瞄準……有各式各樣的效果。

因此，剛學會魔法的人通常都會持有魔杖。

亞倫打開玻璃櫃，向夏綠蒂招招手。

「與其用說明的，妳實際拿拿看會比較好。來，哪個都可以，妳摸摸看。」

「好、好的。不過，這種東西感覺很貴……我的薪水買得起嗎？」

「沒什麼，作為初次約會的紀念，我來付。」

「唔！平常不都是這樣嗎……我每個月收到的薪水都只能存起來。」

夏綠蒂的眉尾垂下，戰戰兢兢地朝魔杖伸出手。

她選中一支金屬製的細長魔杖，頂端裝飾著藍色水晶，在館內的照明下閃閃發亮。

夏綠蒂用雙手拿起魔杖，微微歪著頭。

「你覺得怎麼樣……？」

「嗯。」

亞倫撫著下巴，靜靜地注視著她的模樣。

接著，他伸出食指畫出一個圈。

「抱歉，妳能在原地轉一圈給我看嗎？」

「好、好的，我知道了。」

夏綠蒂一臉認真地點頭，轉了一圈。她的裙襬飄然飛舞，金色長髮搖曳。

她歪著頭看著亞倫。

「轉一圈就能看出魔杖的好壞了嗎？」

「不，看不出來喔。」

魔杖適不適合一個人，只要拿起來就會知道。

而他之所以要她轉一圈，是有個重要的理由。

亞倫一臉正經地說：

「我只是覺得很可愛，應該很適合妳。」

「……那、那麼，怎麼樣？」

「那還需要問嗎？」

亞倫將手放在夏綠蒂的肩上，繼續一臉正經地開口：

「可愛極了。」
「唔唔唔唔……」
砰！地一聲，夏綠蒂滿臉通紅。
她緊緊抱住魔杖，低著頭縮起身子。
「亞倫先生真是的，那麼會稱讚人……就算你稱讚我這種人，也沒有什麼好處喔。」
「啊？妳覺得我是會說客套話的聰明男人嗎？」
「唔！唔唔……我、我認為這種話不該由自己說出口……」
夏綠蒂低聲咕噥著，臉越變越紅，身子也蜷縮起來。
看見這樣的她，亞倫繼續趁勝追擊。
「好了，別低著頭，再讓我看看可愛的妳。妳看了我的睡臉，我也要注視著妳。」
「啊唔唔……這是在報復剛才那句話吧？請你不要看我～……！」
最後夏綠蒂轉過身。
欺負過頭也不好，就此打住吧。
亞倫露出賊笑——
「算了，那件事之後再說吧。關於魔杖的用法……哦？」
「呀啊！」
此時，店裡的照明忽然全部熄滅。
周遭都被靜謐的黑暗支配，夏綠蒂小聲尖叫後湊到亞倫身邊。

在一片黑暗中，商品架上的水晶和試管液體等等，發出微弱的光芒。
多虧於此，亞倫能看清身邊的夏綠蒂表情。
亞倫對一臉不安的她溫和地笑著。
「別那麼擔心，這點小意外在這裡是常有的事。」
「是這樣嗎？」
「是啊，只要稍微等一下，燈就會亮了。不過，妳不要離開我身邊喔。」
「好、好的，希望燈能快點恢復。」
說完，夏綠蒂的表情稍微緩和了一些。
她似乎相信這只是照明燈出了問題。
話雖如此，亞倫也沒有說謊。
這間店是國內屈指可數，以品項齊全為傲的魔法道具店，客人多但扒手也多，像這樣突然發生意外是家常便飯。
相對的，這裡的保全設備也很完善，不過這次的犯人是亞倫的獵物。
他會慎重解決的。
（嗯，差不多要出手了吧，不枉費我剛才挑釁他們。）
沒錯，亞倫並非毫無目的地秀恩愛。
他料到只要展現出大意的模樣，敵人也會大意，提早發動襲擊。
如他所料，周遭的空氣更加緊繃。

看這樣子，馬上就會發動襲擊了吧。

亞倫對這巨大的反應點點頭，露出邪笑。

（不過，這樣也算盡全力讓我享受了一番！啊～我的戀人是世界上最可愛的！）

就如米雅哈所說，根本不需要逞強。

他們就像以往一樣就好。為了看見夏綠蒂高興、驚訝的表情，亞倫只需要教會她各種壞壞的事。

只是在這樣的日常生活中，多了解決敵人這項雜務罷了。

（不過，該怎麼在不被夏綠蒂發現的情況下，解決掉那群人呢……啊！）

此時，他想到一個好點子。

亞倫的臉上浮現爽朗的笑容，像是在說悄悄話般小聲地說：

「好，時機正好，來練習魔法看看吧。」

「練習……嗎？」

「對，這是基礎中的基礎，是產生光亮的魔法。」

這是叫魔燈（Lighting）的魔法。

和火焰不同，不會發出熱能，也不會因風雨消逝，相當便利。由於難易度也相當低，所以眾多的魔法中，這在一般市民中是普及率最高的魔法。

亞倫如此說明完，夏綠蒂雙眼發亮。

「我想試試看！我想成為像亞倫先生一樣帥氣的魔法師！」

「我非常歡迎積極進取的學生，那就開始上課吧！」

看見這樣的她，亞倫笑眯起眼。

於是，兩人開始臨時授課。雖然亞倫過去擔任教師時是以斯巴達教育而聞名，不過這次當然是手把手的甜蜜蜜模式。

「首先閉上眼睛，在心中想像光芒的意象。」

「呃、那個，意象是什麼感覺呢？」

「就是在一片漆黑的房間中點燃一盞燈的光景，要明確地在心裡描繪出光芒的大小或是明亮度。」

「原來如此……我試試看。」

夏綠蒂雙手握著魔杖，輕輕闔上眼。

那表情十分認真，卻充滿了前往未知領域的雀躍感。

（妳……真的變了呢。）

亞倫的幫助根本微不足道。

夏綠蒂之所以能改變這麼多，完全是靠她自己專心致志得來的結晶。

亞倫堅定地想著，他想要守護她。

（妳好不容易獲得了一切，我絕對不原諒……想奪走這一切的傢伙們。）

亞倫輕呼出一口氣，環顧四周。

眼睛已經適應黑暗了。無邊無際的黑暗漸漸形成明確的形狀，開始晃動。

「好，在我說好之前，繼續想像，繼續練習。」

「是！」

夏綠蒂十分有精神地回答，與此同時——

「……『風陣(Sylph field)』。」

亞倫打了個響指，在她周圍設下風之屏障。這不只是為了保護夏綠蒂……更是為了隔音。這下她就完全聽不到外面的聲音了。

這樣就準備好了。

亞倫豎起右手食指，緩緩彎下。

來吧。

那一剎那，瀰漫在四周的黑暗如子彈射過來。

亞倫掀起長袍，詠唱咒文。

是大範圍電擊的高階魔法。雖然威力強大，但是咒文冗長。

他還沒詠唱完一節，一個敵影跳到亞倫面前——

「啊！嘎……！」

就這樣倒上地面，一動也不動。其他黑影也一樣。

沉悶的呻吟聲起此彼落，並一個一個倒上地面。其真面目是除了眼睛之外，全身都用黑布包裹住的獸人。

「哇哈哈！上當了吧，笨蛋們！」

亞倫中斷咒文，高聲大笑。他並沒有詠唱咒文，只是在掀起長袍的瞬間扔出尖端塗滿神經毒素的細針罷了。冗長的咒文是唬人的。

是魔法師就用魔法一決勝負？

別說這種蠢話。對方應該是將亞倫當成魔法師來發動攻擊的，那麼將計就計才是正確的戰鬥方法。

還有，他單純覺得暗算非常符合他的作風而已。

「很抱歉，我沒有時間選擇手段了！剩下的人也一起放馬過來吧！」

「不用你說！」

高聲大喊的同時，亞倫身後的殺氣高漲。

看來亞倫似乎漏掉了幾個，不過──

「拂枝！」

「汪呼！」

「嗚啊啊啊啊啊！」

冷冽的女性嗓音，以及野獸的咆哮。

一人一狗橫掃湧上亞倫身後的敵人，扔向商品櫃。這是戈瑟茲和露所為，雖然牠們沒有現身，但有確實援助亞倫。

「好，背後就交給你們了！」

「唔……！所有人！都給我上！」

於是，華麗的亂鬥拉開了序幕。

在轟鳴響和爆炸聲、慘叫聲與怒吼聲交錯之中——

「嗯～嗯～……明亮的光……溫暖的可可亞……和亞倫先生一起熬夜……啊！不可以！要專心！得專心才行……」

夏綠蒂在風的結界中，仍閉著眼睛進行著想像訓練。

◇

經過一番波折，買完東西之後。

亞倫帶夏綠蒂來到下一個地方。

兩人隔著圓桌相對而坐，亞倫撫著下巴。

「好，我要先來杯啤酒吧……妳呢？」

「那、那個……水就好了。」

「那麻煩給我一杯柳橙汁和啤酒。」

「好的。」

「我明明說喝水就好了……」

服務生有禮貌地低頭致意，並留下菜單後離去。

動作熟練又俐落。

這是當然，因為兩人目前身在鎮上屈指可數的高級餐廳。寬敞的店裡排著幾張桌子，鋼琴的音色溫柔迴盪。雖然沒有服裝儀容的規範，不過踏進這裡之前，需要稍微和荷包商量一下。

也因為這樣，夏綠蒂自從走進店裡就一直很緊張。

她坐立不安地環顧四周，之後看向坐在眼前的亞倫。

「亞倫先生，這裡該不會是很昂貴的餐廳……」

「嗯，很難說是平民餐廳吧，不過妳不用在意。」

「我會在意！畢竟你剛剛也付了很多錢買我的魔杖……」

夏綠蒂的椅背上靠著一支魔法用的魔杖。

那是鑲有藍水晶的金屬製魔杖。

她最一開始拿起來的魔杖無論是長度還是重量都無可挑剔，所以她沒有煩惱太久便決定要買下了。付款時，她看到亞倫給了好幾枚金幣。夏綠蒂垂下眉尾，一臉無精打采。

（嗯，雖然這個表情也看不膩……但是誤會必須好好解開才行。）

亞倫探入自己的衣服內袋並開口。

「放心吧，魔杖的支出只有一點點。妳看這張收據。」

「收據……嗎？」

他猜到有這個可能，事先讓基爾準備好是正確的。

收據上清楚寫著亞倫這次購買的品項。

「魔法魔杖一支……藥草束二十把、麻痺香菇七個、紫色史萊姆分泌液三瓶……？」
夏綠蒂唸出長長的收據，瞪大了眼睛。
「你買了好多東西喔……不知不覺間。」
「是啊，因為有點需求。」
「這都是做魔法藥的材料嗎？」
「差不多。」
亞倫豪邁地笑了。
說實話，這些都是在店裡上演激烈戰鬥的結果，也就是損壞品項的賠償費用。
（雖然他們很弱，但人數眾多啊……一不小心就下手太狠了。）
襲擊者大約有二十幾名。
他自認為有盡量俐落地壓制住他們，但店裡的商品受到了一點損害。
話雖如此，那個角落只放了基礎魔法道具，所以賠償金額對錢包還算和善。
結果那場黑暗中的襲擊，不到幾分鐘就解決了。
待照明恢復時，黑衣人們都被戈瑟茲和露搬了出去，只剩下閉著眼睛的夏綠蒂和亞倫，以及有些雜亂的商品櫃。
看準時機，亞倫悄悄解除風的結界。
接著，他要夏綠蒂睜開眼睛：
『意象訓練就先到這裡吧。睜開眼，依照我說的詠唱咒文。』

『好、好的。』

夏綠蒂不疑有他地睜開眼睛，並複誦亞倫說出口的咒文——

『呃……魔燈！』

在她用僵硬的聲音詠唱……

夏綠蒂的眼前同時浮現一顆手掌大小的光。

也因此，夏綠蒂的表情瞬間亮了起來。

『哇！請看，亞倫先生！雖然很小……但我變出了光！』

『嗯嗯嗯，果然和我預想的一樣，是個優秀的學生呢。』

亞倫微笑地點頭，將她第一次使用的魔法深深烙印在眼底。

就這樣，在夏綠蒂完全沒有察覺的情況下，亞倫姑且解決了敵人。

到目前為止，包含夏綠蒂對店裡的氣氛感到膽怯的反應，大致上都按照計畫發展。

雖然她看過收據後似乎接受了，不過好像還沒適應店家。她用不安的細小聲量低語——

「不過還是選普通的店就好了喔，若是和亞倫先生，不管在哪裡吃飯我都很開心。」

「雖然我也這麼想，不過我調查過後，這裡是最符合條件的。」

「條件……？」

「打擾了，兩位客人。」

此時，方才的服務生送來飲料。

他將啤酒和果汁放上桌子，恭敬地遞出菜單本。

「這是我們的菜單，請慢慢挑選。」

「嗯，謝謝你。」

目送服務生離開後，亞倫將菜單遞給夏綠蒂。

「因為我想讓妳嘗嘗看這裡的料理。」

「到底有什……麼……」

夏綠蒂打開菜單，瞪大雙眼並僵在原地。

亞倫淡然地說出準備好的台詞：

「這裡的主廚，是出身自鄰國尼爾茲王國，所以在這間店可以品嘗到兩國的料理。」

這個城鎮本來就接近亞倫他們居住的諾託爾皇國，以及夏綠蒂的故鄉尼爾茲王國——兩國國境的地方。

當然，能吃到兩國料理的店家也很多，不過其中這裡的評價最好。

聽了他的說明，夏綠蒂仍然沉默不語。

亞倫感到一抹不安，搔了搔臉頰。

「那個……畢竟妳已經很適應這裡了，我想讓妳久違地嘗嘗家鄉的味道。不過，如果妳不太喜歡，我們現在就去別的店——」

「……不。」

夏綠蒂平靜地打斷亞倫的話。

她緩緩地搖頭，指向菜單的一角。

在她瞇細的雙眼中，泛起溫暖的光。

「這個豆子雞肉番茄湯……是媽媽常為我做的料理。我想久違地、嘗嘗看。」

「……這樣啊。」

亞倫深有體會地點頭。

他向服務生點了湯和幾樣料理之後，再次對夏綠蒂勾起笑。

「在料理送來前，我們稍微聊聊今後的事吧。」

「……是。」

夏綠蒂聞言，僵硬地點了點頭。

「那麼，妳現在有兩個選擇。」

亞倫對夏綠蒂豎起食指和中指。

他彎下手指，緩緩說道——

「首先第一個，就這樣忘記一切，安靜地過生活。」

「忘記、一切……」

夏綠蒂慢慢地咀嚼著這句話。

亞倫則用力地點頭。

「沒錯。我想妳今天就明白了，妳就算不變裝也能光明正大地走在街上。雖然妳的懸賞金大概還有效……不過萬一賞金獵人出現了，我都能輕鬆收拾掉。」

就像現在這樣。

（好了，要進入正題了。）

趁夏綠蒂沉思的時候，亞倫不著痕跡地環顧店裡的情況。

有五個男人坐在不遠處的座位。

所有人都是獸人，乍看之下很和樂地歡談用餐，完全感受不到殺氣。然而，他看得出來他們的裝扮肯定歷經過許多戰場。

在魔法道具店襲擊而來的傢伙們，雖說由亞倫他們解決了，但那些人並沒有什麼實力，恐怕是先鋒部隊。而在這裡的那些男人應該和他們大不相同，是擁有實力的人。

所以亞倫悄悄輕敲了三下桌子。

這是事先決定好的暗號。

那一秒，一道白影跑過亞倫兩人的桌旁。

「嗷嗚！嗷嗚嗷嗚！」

「這……這隻小狗是怎麼回事！」

那是一隻有著蓬鬆白毛的幼犬。

牠跑到獸人們的腳邊，天真雀躍地叫著。

男人們感到有些困惑。雖然對他們來說，要收拾一隻小狗十分簡單才對，但是他們或許是不想引人注意，看似正在猶豫，不知道怎麼出手。

「哎呀，對不起。」

「咦？」

這時，有人向他們搭話。
那是位身穿漆黑禮服的絕世美女。
她梳起豐厚的亞麻色長髮，神情溫和地對他們嫣然一笑。
「這孩子是我家的小狗，牠太有精神了，我正傷腦筋呢……不好意思，給各位添麻煩了。」
「咦？啊啊，不，沒什麼……對吧？」
「是、是啊，牠大概是把我們當作同伴了吧。」
男人們看見美女出現，明顯露出好色的表情。
她的美麗似乎和種族差異無關。她環視神色著迷的所有人，又加深了笑容。
「呵呵……這樣子啊。那麼——請休息吧。」
「啊……？」
那一剎那，男人們一下全部倒下。
美女用肉眼看不清的速度，對所有人揮下手刀。同時由於展開了結界，別說是店員，就連其他客人們和夏綠蒂都沒有察覺到這起事件。
美女——戈瑟茲就這樣輕鬆地扛起失去意識的所有人，帶著小狗露意氣風發地離開了店裡。
她離開時豎起的大拇指十分可靠。
（……我絕對不要別和牠們為敵。）
亞倫下定了決心。總之，這下子在場的敵人就全部清除了。
他放下心來，繼續之前與夏綠蒂提起的話題。

「還有另一個選擇。」

忘記一切，安靜地過生活。

不同於這個選項，她的另一個未來是——

「將所有恩怨做個了解。只能選這個了吧。」

「唔……」

夏綠蒂微微屏息。

看見她的表情比剛才還僵硬，亞倫輕輕笑了。

「首要目標是挽回妳的名聲。洗刷妳的冤屈，證明妳的清白。」

儘管話題熱度逐漸冷卻，但這樣下去，夏綠蒂的名字會永遠被記為罪人，傳承下去。

她的人生還很長。為了不讓她的人生蒙上陰影，挽回名聲是必不可少的。亞倫是這麼想的。

不過，在亞倫仔細解釋這個選項的期間，夏綠蒂依然僵著臉。

彷彿連眨眼都忘了，直盯著在腿上緊握住的手。

看到這樣的她，亞倫在心中低喃。

（她當然會有這種反應……畢竟要正面面對至今為止的恐懼。）

長年不斷虐待夏綠蒂的老家人們。

陷害她，讓她揹上冤罪的尼爾茲王國第二王子。

為了挽回名譽，必須面對那些元凶。

只由亞倫和戈瑟茲出手還不夠。

如果夏綠蒂自己不克服這一關就毫無意義。

所以，他不想要勉強她。亞倫誇張地聳了聳肩，開玩笑似的說——

「話雖如此，復仇既費力又費時，妳不想的話——」

「……我。」

打斷亞倫的話，夏綠蒂終於開口。

她緩緩抬起的臉雖然還很僵硬，卻有小小的變化。

「我……至今為止一直都在逃避。我不是一路忍到現在，只是害怕抗爭，所以一直逃避。」

她淡然的話聲顫抖著。

縱使如此，她仍直望著亞倫。

那雙眼瞳中帶著既溫暖又強烈的光，猶如剛才創造出來的魔法燈。

「我想要改變那樣的自己，所以，我不會再逃了。無論再害怕、再辛苦，心裡再難受……我也絕對不想逃避。」

「……那麼……」

「是，我打算面對這一切。」

夏綠蒂深吸一口氣，說出那份決心。

亞倫因此暫時忘了說話。

（我原本就覺得她變堅強了……看來超出了我的想像呢。）

或許是剛才沉默了許久，夏綠蒂繼續說道，猶如洪水潰堤。

「而且……唯有妹妹，我想再見她一面。」

「啊啊，同父異母的妹妹啊。我記得她叫……」

「娜塔莉亞。雖然在家的時候，我被命令要尊稱她為『小姐』。」

夏綠蒂傷腦筋似的苦笑。

在老家唯一一個支撐著夏綠蒂的少女──娜塔莉亞。

夏綠蒂常常提到她，不過這還是夏綠蒂第一次將「想見她」的心情說出口。

「我陷入這種處境後……逃離國家，應該給妹妹添了很大的麻煩，所以我想證明清白……好好向她道歉。然後，可以的話……我一直很想……和她成為普通的姊妹……」

「可以的。」

夏綠蒂的聲音開始嘶啞。大概是坦白說出了懷抱至今的心情，讓她忍不住了，淚水從她的一雙大眼中滑落。

輕輕擦去她的淚水後，亞倫緊緊握住她的手。

「我也會助妳一臂之力，所以妳什麼都不用擔心，一切都會順利的。」

「亞倫先生……」

夏綠蒂的臉皺了起來，使得更多淚水就要溢出眼眶，不過她突然察覺到什麼，不安地皺起眉頭。

「那、那個，我非常高興你有這份心意……不過，千萬不要做得太過火喔，」

「嗯……這方面還需要磨合呢。首先，可以觸犯法律到什麼程度？」

「還談什麼程度！絕對不可以做壞事！不可以、喔！」

夏綠蒂的淚水完全收了回去，嚴厲地大喊。

這樣子，還真不知道誰比較年長呢。

（嗯，說不定不久後，她就會強到能騎到我頭上了。）

那樣也很令人期待。亞倫開始暢想明朗的未來。

「總之，今天能得知妳的意思真是太好了，我們不需要著急，慢慢開始著手吧。」

「好、好的，但這應該會給亞倫先生添很多麻煩……」

「妳在說什麼啊？妳可是我的……嗯。」

說到這裡，亞倫稍微含糊其辭。

不過過了一會，他帶著決心說出那句話：

「因為妳……可是我重要的戀人，不管妳要添多少麻煩都可以。」

「……是。」

夏綠蒂漲紅了臉，聲音細如蚊蚋地說道。

也因為這樣，雙方都稍微沉默下來。周遭的餐具碰撞聲和談笑聲都十分清晰。

話雖如此，這並不是尷尬的沉默。看著滿臉通紅低著頭的夏綠蒂，亞倫深深嘆了口氣。

（嗯，果然很棒呢……這種和戀人無意間的互動。）

他沉浸在這酸酸甜甜的情感中時，腦海中忽然閃過某件事。

「話說回來，我有件事情想要問妳。現在方便嗎？」

「咦？只要是我能回答的……」

「嗯，不是什麼大不了的問題啦。」

亞倫搔了搔頭，乾脆地問出口。

「妳是從什麼時候開始喜歡我的？」

「……什麼？」

夏綠蒂眨了眨眼，凍結在原地。

另一方面，亞倫毫不在意地續道：

「不是啦，因為我發現會自己喜歡上妳，是因為前陣子德洛特雅的那件事情。」

住在自家地下的暗精靈。

因為她強制兩人假扮戀人，亞倫才會察覺到自己對夏綠蒂的心意。

「不過……我覺得我更早之前就喜歡上妳了，所以想說，不知道妳又是怎麼樣呢？」

是亞倫告白的瞬間嗎？

還是更早之前的某個時刻？

雖然事到如今，就算問了也沒什麼意思，不過他莫名在意得不得了。而兩人獨處的現在正是詢問的好時機。

亞倫微笑著施加壓力。

「所以，是從什麼時候開始的？嗯？」

「那、那個，這個……」

夏綠蒂明顯感到慌張，開始吞吞吐吐。
不過，大概是因為知道亞倫不會輕易放棄，不久後她便嘆氣地開口：
「呃，那個……大概是、從那天晚上開始吧……」
「那天晚上？」
「就是……我們不是有一起看過星星嗎？」
「啊啊，也發生過那種事呢。」
那是夏綠蒂來到這裡後，經過大約一個月的事。
有天晚上她做了惡夢，睡不著，亞倫就帶她到外面，讓她轉換心情。
「那天晚上，亞倫先生不是對我說了嗎？『無論妳在哪裡，我都會去救妳』。」
「……是啊。」
現在回想起來，那句台詞真是肉麻。
亞倫感到尷尬而坐立難安，夏綠蒂卻如花綻放般輕輕笑了。
「那句話……讓我非常開心。因為我知道亞倫先生不是在安慰我，而是認真的。」
說完，夏綠蒂的臉頰微微泛紅，視線看向下方。
「然後……從那天之後，我的視線就時常追著亞倫先生跑，和你在一起就會感到心跳加速。
所以，我才會發現我喜歡你。」
「什麼啊，妳比我還要早發現嘛，妳可以跟我說啊。」
「怎、怎麼可能說得出口啊！」

夏綠蒂驚訝地抬起頭。
亞倫心想這麼說也對，而夏綠蒂這次垂下肩膀，縮起身子。
「我其實也煩惱了很久……像是身為通緝犯的我喜歡上你會不會給你添麻煩？」
「怎麼會，妳以為我是會在意那種事情的人嗎？」
「……說的、也是呢。」
雖然夏綠蒂露出有些羞赧的笑容，輕輕抬起頭。
「我已經不會再逃避了，無論是對過去，還是這份心意。」
「嗯嗯，這樣就好，這才是我的夏綠蒂。」
亞倫點點頭，順帶若無其事地秀恩愛。
看來他們彼此都煩惱過許多事情。
大概是因為這樣，夏綠蒂也放鬆下來，微歪著頭詢問：
「那麼，那個……我也有件事情想要問亞倫先生，可以嗎？」
「好啊，要問什麼都可以。」
亞倫大方地回應。
「亞倫先生……至今為止和幾個人交往過呢？」
「……啊？」
她拋來的問題完全出乎亞倫的意料，讓他瞪圓了眼，僵在原地。
因為在至今的人生中，他從來沒有被問過這種問題。

亞倫按了按眉心，擠出聲音。

「剛剛……如果我沒聽錯，妳是在問我的交往經歷對吧？」

「是、是的。」

夏綠蒂的表情又堅定了幾分，不停點頭。

「畢竟亞倫先生這麼帥氣，又很溫柔……果然很受女性喜歡吧？為了不輸給過去的女友們，我想要先做好調查！」

「我完全不知道妳是在說哪位『亞倫』耶……？」

「咦？」

面對吃驚的夏綠蒂，亞倫揮了揮手。

「沒有沒有，無論之前還是之後，我交往過的人都只有妳。」

「咦？是、是這樣嗎……？可是，魔法學校裡也有女性吧？」

「學生和教職員裡當然有女性，但是沒有和我親近的人，因為我滿腦子都想著魔法啊。」

「那麼……我是亞倫先生的、第一位戀人……嗎？」

「是啊。」

「這、這樣啊～……嘿嘿嘿。」

「……妳好像特別高興？」

看見害羞笑著的夏綠蒂，亞倫只不解地歪著頭。

（嗯，若是夏綠蒂過去有過戀人……？）

那個陰險的未婚夫王子不算。

亞倫想像了一下那個情景，感覺到太陽穴開始抽動。

「啊，不行……會想殺了他。」

「什麼？你剛剛說什麼？」

「哈哈哈，沒什麼，妳別在意。順帶問一下，妳……也是第一次，沒錯吧？」

「那、那當然，畢竟來到這裡之前，我幾乎都沒和男人說過話……」

「這樣啊！那太好了！」

亞倫緊握起拳頭。

此時，夏綠蒂摸著下巴低喃。

「嗯～……不過啊，我覺得亞倫先生絕對很受女性歡迎耶，你真的沒有和女性發生過任何事情嗎？」

「妳太抬舉我了。除了妳之外，哪會有好事之徒會對我有好感。」

「是這樣嗎……」

「是啊。」

亞倫無奈地聳聳肩。

「頂多就是被硬塞些親手做的便當或是點心，或者特地請人來清掃研究室……我和女性的交集只有這點程度啦。」

「……什麼？」

夏綠蒂的笑容顫了一下。

不過亞倫完全沒有發現，遙想起懷念的教師時期。

「哎呀，那時候時常有人說餐點做太多了，送給我當慰勞品呢。大概是因為我不挑嘴吧，有好幾個人硬塞給我……這麼說起來，偶爾也會附上信呢……嗯，上面老是寫著什麼『我一直都看著你』、『你上課時的聲音很好聽』這種廢話。」

還有，下課後會來問問題的都是女學生。

不只如此，放學後他經常在圖書館和鍛煉場等常去的地方被女生包圍。

「哎呀，那間學校的女同學都很熱心學習呢……」

「亞倫先生。」

「嗯？怎麼——！」

亞倫不禁倒抽一口氣。

因為夏綠蒂的臉上浮現了微笑，而且不是平時天真爛漫的笑容，而是一張讓人莫名感到壓迫感的笑臉面具，同時她淡淡地說道：

「稍後能詳細地告訴我那時候的女學生都送你什麼料理嗎？我也會練習看看的。」

「咦？啊啊，不……但都是普通的三明治、杯子蛋糕那種東西——」

「我不是在說那個。總而言之，請你告訴我，聽到了嗎？」

「好、好喔……」

面對不由分說的壓力，亞倫只能戰戰兢兢地點頭。

夏綠蒂說著「我絕對不會輸的！無論是什麼樣的料理，我都會徹底學會！」，陳述她炙熱的決心，但亞倫只歪著頭，困惑地說著「加油喔……？」為她打氣。

雖然他完全沒有自覺，但亞倫其實很受女性歡迎。

他的外貌還算端正，被譽為史上最強的天才少年，而且在他背後的克勞福德家是國內屈指可數的名門。具備這麼優秀的條件，就算他性情古怪，在某種程度上也能被接受，想飛上枝頭當鳳凰的女性們就展開了顯而易見的追求。

不過，對當時的亞倫來說，戀愛是另一個世界的事。

所以他沒有發現自己胡亂立了一堆旗標，直到現在。

（不管怎麼樣……夏綠蒂變得那麼積極真是太好了。）

學習成為魔物師，還有魔法跟料理。

她的世界日漸拓展開來。

亞倫細細品味感慨，將玻璃杯湊近嘴邊——

「嗯嗯，妳果然變強、噗呼————！」

「你、你怎麼了？亞倫先生。」

下一秒，他大口噴出飲料。

夏綠蒂瞪大雙眼。

然而，亞倫完全沒有餘力掩飾。

因為他看見黑豹獸人若無其事地從店家入口走了進來。那無疑是理應盯上夏綠蒂的賞金獵人團首領——利卡多。
（沒想到會遇到大ＢＯＳＳ……！難道他打算在這裡開打？）
現在是白天，周遭也有很多人，亞倫完全沒有預料到他會在這種情況下獨自闖入。
亞倫馬上進入戒備態勢。
就在他等著，準備隨時使出魔法的瞬間——
「咦？」
夏綠蒂轉過頭，看到獸人的身影。
接著，她竟然對他露出滿臉笑容。
「利卡多先生！你好。」
「啊啊，是之前那位小姐，妳好啊。」
「……………啊？」
利卡多也朗聲低頭致意。
多虧於此，亞倫只能露出呆愣的表情，屁股半抬在空中。
夏綠蒂和利卡多對彼此微笑。
他們之間完全沒有任何緊張感。利卡多也完全沒有散發出敵意，臉上的笑容也相當平靜。
眼前的光景就像是認識的兩個人，無意間在某個地方遇到並打招呼。
（這……………到底是怎麼回事？）
根本不是該使出攻擊魔法的情況。

亞倫眨了眨眼，慎選用詞。

「唔、喂，夏綠蒂，這位先生、那個……是妳認識的人？」

「呵……認識的人啊。」

利卡多露出淺笑，瞇起眼看向亞倫。

臉上浮現令人十分厭惡的神色。

「我和你應該也見過面啊。」

「咦？亞倫先生也認識他嗎？」

「啊……？不、不不，我完全沒有頭緒……」

亞倫拚命搜索記憶，不過別說是這個城鎮了，就連在學園任教的時候，他也不記得自己曾遇過名為利卡多的獸人。

不理會繼續苦思的亞倫，夏綠蒂微笑著開口：

「我會見到利卡多先生，是以前獨自來鎮上的時候。你想，我不是有收到第一份薪水嗎？」

「嗯……？啊，喔～是那時候啊。」

不久之前，夏綠蒂曾經用亞倫第一次給的薪水，出門買禮物送給關照過自己的人。

那時候，亞倫偷偷跟在後面，在她外出時暗中幫助她，表現十分活躍。

他搶先繞到迷路的夏綠蒂前面，一打十、一打百，把盤據在那一帶的惡棍們修理一頓，盡力整頓環境——

「那天不知道為什麼，到處都有很多人倒在地上……所以我就將亞倫先生給我的魔法藥都分給他們，那時候我也有給利卡多先生喔！」

「⋯⋯⋯⋯原來如此～」

「你似乎想起來了，真是萬幸。」

面對有點為難的亞倫，利卡多一臉認真地聳了聳肩。

經她這麼一說，那時候不分青紅皂白使勁修理的人中，似乎有個黑色人影，又好像沒有⋯⋯

「我真的對小姐感激不盡。那時候我突然被凶殘的暴徒襲擊，幾乎奄奄一息。」

「是這樣啊⋯⋯這個鎮上還有那麼可怕的人嗎？」

「哈哈哈⋯⋯」

站在皺起眉頭、一臉不安的夏綠蒂身邊，亞倫不斷冒著冷汗。要是她知道那個暴徒就是亞倫，不知道她會怎麼想？

（不，但是⋯⋯這傢伙看起來真的沒有敵意呢？）

利卡多相當自然，看起來不像在說謊，對夏綠蒂的感謝之情也是貨真價實的。

但是，這麼一來就留下了一個大謎團。

亞倫直盯著他時，利卡多瞇起眼睛笑了。

「我等等有話要跟大哥說，等兩位用餐結束後⋯⋯能稍微耽誤一點時間嗎？」

「⋯⋯無妨。」

亞倫大方地回應。

餐廳的每一樣料理都很美味，兩人花了一點時間慢慢品嘗。

尤其是夏綠蒂，懷念的家鄉味讓她高興到雙眼發光……當亞倫心想「還好有帶她來呢～」之時，太陽也完全西沉了。

就這樣，兩人的初次約會，表面上安然無恙地拉下了終幕。

在那之後，亞倫來到餐廳旁的某間酒吧。

利卡多已經在吧檯旁等著了，亞倫來到他身旁。看準飲料送上桌的時機，利卡多緩緩開口：

「我很久之前就潛伏在這個鎮上了，目的……我想不用我說，大哥也知道吧？」

「……是夏綠蒂吧。」

「沒有錯。」

他用力點頭，並從懷裡掏出一張通緝令。當然是夏綠蒂的通緝令。

接著，利卡多開始闡述當初的計畫。

他知道夏綠蒂在這座城鎮附近失去消息後，不停腳踏實地地搜索，找到了相似的少女……到這裡似乎還算順利。

但計畫在那天被打亂了。

夏綠蒂獨自出門，而亞倫接連掃蕩阻礙的那天。

「那天，那位小姐向我伸出援手，我就察覺到了。」

利卡多諷刺地勾起嘴角，啜飲一點酒。

「她根本是我贏不了的對手……也不是該遭到追捕的人。」

「不不不，等等、等等。」

聽利卡多打算歸結成一樁美事，亞倫出聲喊停。

「既然這樣，今天為什麼要襲擊我們？這對我們造成了很大的困擾耶！」

「……這一切都是我領導無方造成的結果。」

利卡多重重地嘆了口氣，搖搖頭。

「我召集部下們，告訴他們要放棄這次的目標，但是部下們無法接受。他們違抗我的命令，擅自調查起夏綠蒂小姐的事情……」

他的語調嚴肅至極。

沉默了一會後，利卡多抱頭低語：

「結果那些傢伙……不知不覺間，竟然擅自成立了夏綠蒂小姐護衛會。別說伺機進攻了，他們還開始暗中守護她。」

「啊啊……是這麼一回事啊。」

亞倫頓時感到無力，悄悄回頭看向背後。

在寬敞的酒吧內，有一大群獸人聚在一起。

當然都是被亞倫、露和戈瑟茲打倒的成員。

每個人都一身黑，身上到處都是腫包和瘀青，然而所有人都露出爽朗的笑容，因為他們包圍著夏綠蒂——

「初次見面！很榮幸能見到您！」

「前陣子，我們家隊長受您照顧了！」

「啊，您要不要喝點果汁？還有點心喔。」

「好、好的，謝謝你們。」

獸人們恭敬地低頭遞出果汁，不辭辛勞地照顧著夏綠蒂。那表情無論怎麼看，都不是想伺機抓住可憐少女的壞人。

「所以是怎樣？那些傢伙今天之所以會攻擊我們是……」

「只是因為夏綠蒂小姐被你搶走，他們太過嫉妒而發動特攻罷了。」

『媽媽為什麼老是被奇怪的人喜歡上……？』

『只能說她生來就是這樣的命運啊。』

前來會合的露在一旁冷眼看著。

戈瑟茲也變回往常的地獄水豚模樣大啖水果，含糊地回答，完全忘了自己前陣子失控的事，臉皮實在很厚。

接著，利卡多再次面向亞倫，深深低下頭。

「我也沒辦法制止他們，所以只能靜觀其變。勞煩你了。」

「不，嗯……都無所謂了啦……」

亞倫無力地垂下肩膀。發生太多事了，他好累。

還以為是盯上夏綠蒂的壞人們大舉襲來……結果，他們的殺意其實都是衝著亞倫來的，根本是杞天憂人啊。

（不過……夏綠蒂沒事就好了。）

他再次回頭，獸人們手指著亞倫，悄聲詢問夏綠蒂。

「然後，那個……您和那個魔法師怎麼樣了？」

「咦？是在說亞倫先生嗎？」

「沒錯。他有沒有對您做奇怪的事？」

「那種傢伙肯定很悶騷……」

「悶、悶騷……嗎？」

夏綠蒂微微歪著頭。

這實在太毀人名譽了，亞倫沒有出聲介入，剛要直接站起身扔出一記魔法——

「那個，雖然我不是很懂……不過亞倫先生是非常好的人喔。」

「……這樣啊。」

夏綠蒂羞赧地這麼說，讓亞倫心情相當暢快。

獸人們大概也因此接受了，嘆息著點頭附和，其中還有人靜靜流下悔恨的淚水。

看到這一幕，利卡多聳聳肩。

「看來她擁有相當特別的才華，該說是很討人喜歡嗎……雖然我沒資格這麼說，不過你多留意一點吧。」

「……這一點我非常清楚。」

亞倫也喝了口酒，垂下眼簾。

芬里爾一家的事、戈瑟茲的騷動，再加上這次的事件。
就算夏綠蒂是個個性溫和的少女，要受到不特定多數人仰慕也該有個限度。
（她果然有那種血統嗎……）
關於這方面的事，應該會慢慢顯現出來吧。
亞倫一口仰盡剩下的酒，露出苦笑。
「不管怎麼樣，我姑且放心了。這個鎮上已經沒有盯上夏綠蒂的蠢蛋了吧？」
「…………嗯。」
「喂，你那是什麼不乾不脆的回答？」
利卡多突然露出難看的神色，亞倫也不禁一臉嚴肅。
利卡多別開視線，自暴自棄似的喝起酒。
「不，老實說……若是只有我的手下，我一個人也能阻止。但是，那個……數量太多了，我實在沒辦法……」
「數量、太多……？」
聞言，亞倫忽然發現一件奇怪的事情。
不知不覺間，店外莫名地吵鬧。
他雖然不怎麼關心，還是拖著沉重的步伐走向門邊，悄悄打開通往大街的門，便看到外面聚集著幾乎埋沒大街的大軍。
所有人都全副武裝，帶著殺氣，雙眼通紅。他們是這個城鎮的冒險者……恐怕和利卡多一樣，是以前被亞倫狠狠教訓一番，又受到夏綠蒂幫助的人們吧。其中也有他認識的面孔。傀儡一家的沃蓋爾、狼群斯坦的拉爾夫、金色碑文的多明尼克……等等。

所有人一看到亞倫的身影就豎眉瞪眼，開始發出吼叫。

「混帳大魔王！竟然把我們的偶像據為己有……！」

「在祝福你之前，至少讓我揍你一下！」

「你這傢伙！要是敢惹她哭，我真的會讓你吃不完兜著走！」

到處高喊的話語，都是這種滿是嫉妒的噓聲。

亞倫頓感無力，此時從身後走來的利卡多默默補充一句。

「如你所見，護衛會不只是我的手下，已經蔓延到整座城鎮了。」

「這個向心力……已經可以成王了吧？」

亞倫只能抱頭苦惱。照這樣看來，要拿下天下也不難。

就在這時，夏綠蒂從身後探出頭來。

「哇！大家都在這裡做什麼呢？」

「喔，嗯，大家好像有事要找我，妳和露牠們一起待在裡面吧，要先回去也可以。」

「是嗎……我知道了？」

『媽媽～別管那群笨蛋了，來摸摸露吧～露今天很努力喔。』

夏綠蒂一臉疑惑，而露扯著她的袖子，將她帶進店裡。

亞倫笑著目送他們離開，接著設下隔音屏障。就是在魔法道具店保護夏綠蒂時使用的魔法，不過這次是施加於整間店。這樣外面的騷動就完全不會傳進裡面了。

「呵，是這麼一回事啊。既然這樣……那好吧。」

亞倫露出微笑，掀飛斗篷。

接著——以前所未見的極大聲量喊道：

「對我和夏綠蒂交往有意見的傢伙，全部給我出來！我一一奉陪！」

『唔喔喔喔喔喔喔喔！』

就這樣，毫無意義的戰鬥拉開序幕。

◇

「你是最後一個！去死吧！」

「哇啊啊啊啊！」

最後一人挨下一記雷擊昏倒後，這一帶終於找回了寧靜。

倒在大街上的烏合之眾皆是挑戰者。回過神時，天空開始透出白光，告知亞倫先從店家後門回家的夏綠蒂一行人早已入睡了。

「結、結束了……」

亞倫當場躺下。

不只是因為數量眾多，這次每個人都莫名纏人。

這就代表這些人有多仰慕夏綠蒂，所以亞倫鄭重地把他們揍得鼻青臉腫。用不著說，他因此耗費了許多時間。

他細細體會著這股疲憊感，嘆了口氣。

「可惡……交往是如此辛苦的事嗎……」

而且亞倫隱約有種預感，今後也會出現無數個這種阻礙。

他有些洩氣，不過又搖了搖頭。

「不，我已經決定要讓夏綠蒂幸福了，這點小事情不算什麼……雖然沒什麼大不了……但是好像不用那麼辛苦啊……」

就在他碎碎唸的時候——

「你在幹嘛啊？哥哥。」

「嗯……什麼啊，是艾露卡啊。」

有個人影彎腰望著躺在地上的他。

是繼妹艾露卡。大概有一個月沒見了，她還是老樣子，笑咪咪的。

「好久不見～哥哥。我聽基爾說了喔，你和夏綠蒂順利在一起了啊！唉～雖然不管怎麼看都是兩情相悅，不過我沒想到你們會進展得這麼快～你意外地很有一套嘛，哥哥！」

「夠了，比起這個，我拜託妳的工作怎麼樣了？」

拍開繼妹不斷戳上臉頰的手，亞倫從地面上坐起身。

他之前請艾露卡去辦一件重要的工作。

「夏綠蒂老家的調查……妳不會跟我說妳忘記去調查了吧？」

「我當然仔～細調查過了，我就是為此來跟你說一件很重要的事。」

艾露卡壞笑著，伸出右手開口。

說出他預料之外的話——

「回家吧，哥哥，回去老家雅典娜魔法學院。夏綠蒂的妹妹現在的處境很危險！」

「什麼？」

# 第四章　壞壞的姊妹重逢

跨過山，渡過海。

經歷了大約三天三夜的長途旅行，亞倫一行人終於抵達了那座島。

「到了～！哎呀～還好是晴天呢。」

艾露卡精神飽滿地第一個跳下船。

海港裡停靠著幾艘船，萬里無雲的藍天中響盪著海鳥的啼叫。

從海港到島中央有個平緩的斜坡，色彩斑斕的建築物櫛比鱗次，形成一條熱鬧的街道。

在那條街道的後方聳立著幾棟特別巨大的黑色建築。面對這熟悉的景色，亞倫只能嘆氣。

「沒想到這麼快就回來了……」

自從十八歲被解任教師、離開後，這次是時隔整整三年第一次返鄉。

體會著有些複雜的心情，他拉起夏綠蒂的手。

「來，夏綠蒂，留意腳邊。」

「好、好的。」

夏綠蒂踩著不穩的步伐走下船。

她的神色有點疲憊，但大概不只是因為經歷了不習慣的渡船旅行。她環視島嶼的景色，吞了吞口水。
「這裡就是亞倫先生母校所在的島嶼……該不會，山丘上的那個黑色建築就是學校嗎？」
「要說是學校也沒錯，那是學生宿舍。」
「那、那麼大的建築物是宿舍……！果然是間很厲害的學校呢。」
「還行啦。」
亞倫環視海港一圈。在人潮中，偶爾會看到路人穿著和艾倫類似的黑色長袍，年輕人也格外的多，畢竟這座島是——
「畢竟，這整座島都是雅典娜魔法學院啊。」
「咦……！」
這座雅典娜島一如字面，是座學園都市。
島民有八成是學生和教師等學院相關人士，剩下的是觀光客或商人。
這座廣闊的島嶼就算騎馬跑一整天也繞不完，有學院的設施、提供給觀光客的旅館和市區、教職員們居住的住宅區等等。
聽到他的解釋，夏綠蒂稍微睜大了眼，歪過頭。
「明明是座有學校的島，卻有人來觀光嗎？」
「因為是座氣候舒適的離島，正好能避人耳目，放鬆渡假啊。」
「……避人耳目嗎？」
此時，夏綠蒂稍微環顧四周。

人聲鼎沸的海港景色。她在那之中尋找認識的人，喃喃說道：

「娜塔莉亞也是為此來到這座島的嗎……？」

「……天曉得。」

亞倫只能緩緩搖頭。

露和戈瑟茲也走下船，微微歪頭。

『娜塔莉亞是你們在船上說的人類，是媽媽的妹妹吧？』

『但是，她不是應該在鄰國嗎？』

「原本應該是那樣才對……」

夏綠蒂帶著僵硬的神情看向艾露卡。

接著，艾露卡滿臉笑容，若無其事地說道：

「娜塔莉亞的確就在這裡喔。沒有其他家人或是傭人，隻身一人。」

「妳已經說過這件事了……差不多可以跟我們詳細解釋一下了吧？」

艾露卡只告訴他們，夏綠蒂的妹妹娜塔莉亞就在這間雅典娜學院裡，而且娜塔莉亞發生了不得了的事，這兩件事。

所以，雖然他們在路上問了許多問題，然而她一直堅持「到了再告訴你們」，所以他們現在幾乎什麼都不曉得。艾露卡苦笑著聳聳肩。

「因為這件事有點複雜，我覺得讓你們實際看看比較快～等到家再跟你們說詳細情形。」

「嘖……果然會這樣。」

「家嗎？」

亞倫明顯皺起臉，還垂下肩膀。

在他身旁的夏綠蒂一開始面帶疑惑，不過馬上驚覺到了什麼，提高音量。

「該不會是……亞倫先生和艾露卡小姐的老家嗎？」

「嗯，爸爸和媽媽都在等我們喔～」

「哇啊啊！得、得向他們打招呼才行……！我會先做好心理準備！」

「不用啦～夏綠蒂不會有問題的，反倒是哥哥比較尷尬。」

「咦？為什麼呢？」

「因為發生了很多事。」

艾露卡聳聳肩，回應一臉不解的夏綠蒂。

「妳有聽說過三年前哥哥被學校解聘的事吧？」

「是、是的，他是因為這樣才去旅行的吧？」

「嗯，不過正確來說……他不僅被解聘，還和我家爸爸大吵了一架，跑出家門。這才是正確的情況喔。」

「大吵一架？」

「拜託別提那件事……」

亞倫不管驚喊出聲的夏綠蒂，憔悴地皺起臉。

老實說，那是他完全不想回想的事情。

夏綠蒂驚慌失措，輕輕歪過頭。

「竟、竟然吵架了……到底是為什麼？是因為被迫辭去教職嗎……？」

「不，起因是那件事啦……嗯。」

「不是那麼嚴重的事，所以妳大可放心～老實說，那有九成是爸爸不好。」

「是十成吧！我一點也沒錯。」

「是這樣嗎……？」

看見夏綠蒂訝異地睜大眼，艾露卡苦笑著續道：

「而且我家爸爸也滿擅長魔法的，這樣的爸爸和還算優秀的哥哥吵架，情況當然很慘烈。他們打了大概三天三夜，現在還是學院的話題喔！」

「三天三夜……真是壯烈。」

「嗯。等等我帶妳去看看島嶼的另一側吧？哥哥他們吵架時將懸崖挖掉了一塊，到現在還保持著原樣喔。」

「那個你們還沒修復嗎！」

「那當然嘍，現在還是小有名氣的觀光景點喔～」

「越聽越覺得很不得了呢……」

夏綠蒂深有感慨地嘆口氣。

亞倫和養父大吵了三天三夜，誰都不願退讓，最後因為體力差距，由亞倫獲得了勝利，並且馬上跳上船，離開了這座島。

聽完這番說明，戈瑟茲瞇起眼，發出愉快的叫聲。

『嗯嗯，為了深愛的女性，向關係如此惡劣的老家低頭……真是浪漫啊。』

「別擅自編出一齣戲，我和叔叔現在關係很融洽，還有書信往來。而且那種程度的爭吵只是家常便飯。」

『原來人類和我們也沒什麼不同呢，露也很常和兄弟姊妹吵架喔！』

露也發出呼嚕嚕的聲音笑著。

雖然「吵架後離家出走」聽起來很糟糕，不過他沒留下什麼禍根。縱使如此，他至今都沒回家的理由只有一個。

（我實在受不了別人重提**那件事**啊……）

話雖如此，現在事關夏綠蒂就不能再這麼堅持了。若不是因為夏綠蒂，他本來打算十年都不回來就是了。

就在他想著這些事的時候，艾露卡熱切地盯著露和戈瑟茲，撫著下巴。

「不過才一陣子不見，哥哥身邊也變得相當熱鬧呢。竟然有芬里爾和地獄水豚，我家媽媽看到會非常開心喔。」

『哦？令堂對魔物造詣高深嗎？』

「嗯，她是研究魔物的權威～我也是第一次近距離看到芬里爾的幼獸，興致都高昂起來了，毛茸茸的～！」

『哼哼，對吧？妳可以多摸一下喔。』

被艾露卡撫摸著，露感覺十分愉悅。

因為教導亞倫魔物語言的就是養母，艾露卡也一樣聽得懂魔物的語言。再加上戈瑟茲，一人兩魔物鬧得不亦樂乎。

靜靜看著這情景，夏綠蒂小聲低喃：

「不過……我有點羨慕。」

「嗯？羨慕什麼？」

「呃……那個……」

夏綠蒂的視線落在腳邊，吞吞吐吐。

最後，她露出有些寂寞的笑容說——

「因為我沒有和家人吵過架……覺得很羨慕。」

孩童時期，她不可能對辛苦工作的母親耍任性。接著母親去世，夏綠蒂被公爵家收養後，也沒有任何人可以聽她說真心話。

所以她沒有和人吵過架。夏綠蒂慢慢說著，越說臉色越陰鬱。

聽她說到最後，亞倫爽朗地笑了。

「既然這樣，從現在開始改變就好啦。」

「咦？」

「妳要和妹妹……娜塔莉亞見面對吧？」

「唔……」

他牽起夏綠蒂的手，望著她的臉。
亞倫沒有錯過在提到妹妹的名字時，她眼中出現的強烈光芒，籠罩在她臉上的陰影一下子變得淡薄。
所以，他認為不會有問題。
亞倫繼續緊緊握著那隻手。
「見到妹妹後，和她變成能吵架的關係就好了。這麼一來，就能盡情實現妳嚮往的吵架了。」
「可是，我有辦法做到嗎……」
夏綠蒂不安地皺起眉頭。
「我是從那個國家逃過來的……是被通緝的壞女人，我一定也給娜塔莉亞添了麻煩才對。」
「妳是冤枉的吧？妳妹妹總有一天一定也會理解的。」
夏綠蒂說在老家，妹妹是唯一會關心她的人。
只要向妹妹解釋這一切，她一定會諒解的。
亞倫如此確信，並清了清喉嚨，想說出有點耍帥的台詞，但是——
「妳放心吧，我也會助妳一臂之力。若是為了妳，我——呀噗！」
『吾等也會鼎力相助。』
『雖然不是很清楚，不過露也是！』
戈瑟茲和露從背後飛撲到他身上，打斷了他的帥氣台詞。
看著亞倫和兩隻魔物，夏綠蒂的眼角浮現淚水，深受感動。

「謝、謝謝你們。」

「對對對，不可以想太多喔。我跟爸爸他們也都站在妳這邊。」

艾露卡也將手放在夏綠蒂的肩上，笑著鼓勵她。

雖然氣氛和樂融融，不過亞倫仍被壓倒在地上。

「可惡……你們給我滾開！很重耶！」

『真是沒禮貌。淑女的體重可是禁忌喔。』

『耶～亞倫踩起來好舒服喔～』

「呃，妳們兩個也差不多該下來了……」

看到兩隻魔物繼續踩著亞倫，夏綠蒂只一臉驚慌。

望著這情景，艾露卡感慨地撫著下巴。

「雖然哥哥也變了，不過夏綠蒂也變開朗了呢～這樣子，娜塔莉亞也一定……哎呀？」

艾露卡的話沒說完便忽然停住。

她的視線看向碼頭的一角。

亞倫也跟著望過去，那裡不知不覺間圍滿了人群。

「啊啊？你怎麼樣！想打架嗎！」

「你才是，找打嗎！」

抓住彼此衣領的是一名人類青年和魚人族青年。周圍也有幾名人類和魚人族，也許是他們的同伴，雙方火花四濺。看來是因為一點小事引發了口角。

其他人只是遠遠旁觀，似乎沒有人想介入調停。

這間雅典娜學院是名震四方的教育機構。

有各種種族的人聚集在這裡，因此像這樣發生衝突是家常便飯。

「才剛講完，好像就有人吵架了……」

「那、那個，我覺得吵架不太好，去阻止他們比較好吧？」

「嗯～這個嘛。」

仍然倒在地上的亞倫沉思起來。

老實說，他對別人的爭吵不感興趣。不過，若這場爭吵是讓夏綠蒂感到悲傷的元凶，那就另當別論了。

迅速鎮壓現場，讓她放下心來就是亞倫的工作。

他想推開戈瑟茲牠們，站起身——

「哦……？」

此時，他正好在人群中看見一頭眼熟的銀髮。

既然這樣，情況就更另當別論了。

「還是放著別管吧，我才不想和那種人打呢。」

「我想也是～」

艾露卡大概也察覺到了，半笑著點頭。

唯有不解緣由的夏綠蒂一臉鐵青地手足無措。

「沒、沒關係嗎？感覺會有人受傷……」

「不要緊吧，因為馬上就會受到鎮壓了。」

「咦？」

夏綠蒂感到困惑。

就在他們說話之際，衝突逐漸升溫。空氣中飄散著隨時會動手的緊張氣氛，此時一名男子走近那群人，在場的人在事情發生之前都沒有發現。

「可以打擾一下嗎？各位。」

「啊啊？幹嘛──！」

男人分別拍上這場爭吵的兩位主角肩膀。

那一秒，冰冷的寒氣猛然吹過，旁觀的群眾都發出驚叫。不久，寒氣平復下來。

現場聳立著許多冰柱，數量與剛才起爭執的人數相同。每個人都一臉驚愕地被封在冰柱中，一動也不動。

大範圍魔法加上省略詠唱咒文，本領實在高超。

「我來接孩子就遇到這種事……真是一群無藥可救的孩子呢。」

留著一頭銀色長髮的男子露出苦笑。他的年齡看起來和亞倫差不多，高挑纖細的身體裹著高級禮服，穿著鑲有金色刺繡的黑色外套。裝扮看起來就是高階魔法師。

他柔和的五官勾起笑容，「暖男」這個詞莫名適合他。

男人開始對冰柱說教。

「聽好了，這個地方不是只有學院的學生，還會有客人造訪。你們若是我們學校的學生，就更該遵守規定……對了，你們現在聽不到吧，那我稍後再叫你們過來。」

男人環視所有冰柱一圈後，輕輕聳了聳肩。

直到此刻，周遭的人們也理解了情況，司空見慣地對男人說「辛苦您了～」、「剩下的我們來處理」、「不知道還有沒有空的處罰室」等等。

看著那副光景，夏綠蒂不禁感嘆出聲。

「感、感覺是個很厲害的人呢……就像亞倫先生一樣。」

『是啊，那位先生的本領十分了得。』

戈瑟茲也饒富興味地瞇起眼睛。

此時，男人注意到他們。

「哎呀……？」

他稍微瞪圓雙眼，之後揚起燦爛的笑容。

他快步走近他們，微笑著舉起一隻手。

「好久不見了呢，亞倫，很高興看到你這麼有精神。」

「看到這個狀況，應該還有其他話要說吧……」

亞倫仍被兩隻魔物壓著，冷眼看著男子。

艾露卡則對男人舉起一隻手。

「我回來了～！你看，我確實把哥哥他們帶來了喔！」

「謝謝妳，艾露卡。真是多虧了妳，幫了大忙。」

男子笑咪咪地回應後，看向夏綠蒂。

「那麼，妳就是傳說中的夏綠蒂小姐吧？初次見面，幸會。」

「初、初次見面……那個，請問您是哪位？」

「喔，不好意思，我還沒自我介紹。」

男子溫和地微笑，將手放在胸前報上名字。

「我的名字是哈維．克勞福德，是亞倫和艾露卡的爸爸。」

「爸爸！」

「果然會大吃一驚吧～我家爸爸很會裝嫩的。」

「就算是這樣，也該有個限度吧。」

亞倫無力地嘆息。

自從領養年幼的亞倫時開始，養父就完全沒有衰老的跡象，亞倫懷疑他是不是有用什麼奇怪的魔法。

就這樣，一行人來到克勞福德家的宅邸。

這裡也是亞倫的老家，宅邸位於郊外，距離島中央不遠。

附近沒有任何住家，氣派的宅邸周遭是一大片庭院，還有圍繞著一圈高牆，與外界隔絕開來。

雖然看起來像在炫富，不過這有確切的理由——為了避免打擾到鄰居。

由於家中所有人都以研究某種魔法為畢生事業，宅邸中時常發出爆炸聲或奇怪的叫聲。雖然這對從小就在這裡生長的亞倫來說是稀鬆平常，但若是住在人多的住宅區，想必會被人嫌惡。

亞倫一行人被帶到宅邸的會客室。

寬敞的房間裡鋪著長毛地毯，因為長途旅行疲憊不堪的露和戈瑟茲放鬆地躺下，露出肚子。

面對著亞倫和夏綠蒂，坐在矮桌對面的是養父哈維。他露出柔和的笑容並開口：

「哎呀，真的好久不見了呢，亞倫。你似乎沒什麼變，我就放心了，不過……」

話語在這裡停頓，哈維的視線看向坐在亞倫身邊的夏綠蒂，瞇起眼。

接著十分刻意地掏出手帕，擦拭著乾爽的眼角。

「我做夢都沒想到你會帶這麼可愛的女孩回家。若是有社交障礙者錦標賽，你不是以分毫之差錯失優勝，就是種子選手啊……不過，你們真的是兩情相悅才交往的嗎？爸爸很擔心可愛的兒子會走上歪路。」

「廢話太多了……」

「那、那個，亞倫先生對我非常好。我們的交……交往當然也是、那個、雙方都確實同意？的！」

「夏綠蒂，別說了，別讓叔叔太開心。」

「哇啊～那個亞倫竟然會害羞，真是難得，今天可真是個好日子呢。」

「你再不適可而止，我就讓你物理性閉嘴。」

亞倫爆出青筋，狠狠瞪著笑容漸漸加深的哈維。

話雖如此，現在讓對方挑釁得逞是浪費時間。

他大嘆了一口氣，再度直望向哈維。

「我就直接問了……夏綠蒂的妹妹在這裡，是真的嗎？」

「是啊，當然是真的。艾露卡，拜託妳了。」

「好的～那我去準備。」

目送女兒離開房間，哈維再次看向夏綠蒂。

「夏綠蒂小姐的事我都聽說了。妳應該很辛苦吧？我也會助妳一臂之力，要是有什麼困難，請儘管告訴我。」

「好、好的，謝謝您。」

夏綠蒂表情僵硬地點頭。因為是初次見面，又是亞倫的父親，她看起來很緊張，不過表情會那麼僵硬也許是因為別的理由。

她吞了吞口水後，膽怯地問：

「話說回來……娜塔莉亞為什麼會來這裡呢？那孩子發生了什麼事？」

「就結論來說，她不過是來這裡留學而已。」

「留學、嗎？」

「是的。老家深陷紛爭的貴族子嗣常常會被送到這裡，直到麻煩平息。」

哈維聳了聳肩。

無論現在還是以前，這種事情都時常發生。貴族會花錢讓孩子入學、留學，就此消聲匿跡，直到醜聞的熱度冷卻。

從本土搭船到這座離島大約要花上半天，是非常適合隱身躲藏的地理位置。
「這次也是對方派人過來請求我們幫忙。我們學院本來就來者不拒，欣然同意了這件事。那正好是三個月前的事了。」
「這麼久之前……那你應該馬上連絡我啊。」
「雖然這是常有的事，但她偽造了身分，我一直到最近才知道她是夏綠蒂小姐的妹妹。」
「也對，畢竟那件事情連我們國家都傳遍了……當然會隱瞞身分吧。」
亞倫輕嘆了一口氣。
因為發生了夏綠蒂的事，她的老家埃文斯家族十分受到國內注目。
而娜塔莉亞是正妻生下的重要繼承人，為了保護她不受世俗眼光影響，安排她出國是合理的安排。
「但如果只是來留學，應該不會像艾露卡所說，『身陷危險的處境』。到底發生了什麼事？」
「是啊，在進入正題之前……我先確認一件事。」
哈維豎起食指。
他的笑容依舊柔和，但是眼底帶著微光。他聲音平靜地對亞倫拋出非常簡單的問題：
「亞倫，你現在想不想再考慮一次那件事？」
「我拒絕。」
亞倫當然秒答。
夏綠蒂眨了眨眼，不解地歪頭。

「那件事情是……什麼事情？」

「我剛剛也說過吧，那就是我和叔叔吵架的原因。」

距今三年前，亞倫和雅典娜魔法學院的教授會不斷發生爭執，最後決定辭去教師一職。

然而，那時候哈維向他提出了讓他懷疑自己耳朵的提議。

「叔叔是這間學院的校長……希望我繼承他的位置。」

「咦咦咦！」

夏綠蒂失控地大喊，隨後馬上用閃閃發光的尊敬眼神看向哈維。

「竟然是這麼大間學校的校長……太厲害了！」

「哎呀，也沒有那麼厲害啦。」

哈維笑咪咪地回應，但夏綠蒂又忽然微歪著頭。

「不過，為什麼亞倫先生不答應呢？我認為這是一份很出色的工作啊……」

『嗯，吾也有同感。』

戈瑟茲從沙發上探出身子，也加入話題。

『這座雅典娜魔法學院是歷史悠久的魔法最高學府，而這間學院的領導者，是能留名青史的光榮職位。吾認為沒有理由能拒絕啊。』

「這很簡單，頭銜都會帶來束縛吧？我可不想被那種東西綁住。」

亞倫粗魯地說。

學生人數不下萬人，加上教職員和校外協助者，組織人員的總人數相當驚人。

若是成為這種組織的領導者，就會被大大小小、各式各樣的事情束縛住。無論是政治還是勾心鬥角都不合他的個性，所以亞倫才會拒絕校長之位。

聽完他的說明，哈維加深了笑容。

「你不用那麼急著做出結論，你只要做我的祕書官，在我身邊累積經驗一陣子，順便拉攏教授們就好了，我也會盡量保護你。」

哈維這麼說著，向前傾身，朝亞倫伸出右手。直望向他的眼中帶著濃濃的慈愛之情。

那個眼神就和過去他宣布要帶年幼的亞倫回家時一樣，哈維說道：

「繼承我位子的人，只有你這個兒子。就算我們沒有血緣關係，唯有這一點我能保證。」

「真虧你能這樣喋喋不休地講出好聽話！」

亞倫拍掉那隻右手。

接著他站起身，用食指直直指向養父。

「我早就看穿叔叔的計謀了！你想逼我繼位的真正理由是——」

還沒說完，會客室的門就被打開來。

「大家好～」

探頭進來的，是位用茶盤端來茶壺和茶杯的少女。

蝴蝶結裝飾著蓬鬆輕柔的桃色頭髮，身上的連身裙上也點綴著大量蝴蝶結與蕾絲。

乍看之下是位十幾歲左右，像甜點一樣輕飄飄的少女。她將大大的茶盤放到桌上，視線停在夏綠蒂身上，輕柔一笑。

「哎呀呀，真是位可愛的小姐呢～這趟旅途那麼漫長，妳應該累了吧？好好休息吧～」

「好、好的，謝謝妳？」

夏綠蒂的頭上浮現問號，同時低頭致謝。

看到動作俐落地備茶的少女，哈維欣慰地露出笑容。

「謝謝妳，莉茲。我也來幫忙吧？」

「不要緊～只是好久沒有這麼多客人來，我準備了很多。來，請用，我烤了魔物可以吃的餅乾，小芬里爾你們也吃吧～」

『耶～！露開動了！』

一邊撫摸搖著尾巴的露的頭，少女坐到哈維的身邊。

夏綠蒂一臉不可思議地看著這個情景，之後像想到了什麼，小臉一亮。

「該不會是亞倫先生的妹妹？初次見面，我叫做夏綠蒂。」

「哎呀呀，竟然說我是妹妹，真令人高興。謝謝妳這麼貼心～」

「不，夏綠蒂，那位不是什麼妹妹，是我阿──！」

他剛要說出那個詞，一陣銳利的風就貼著亞倫的臉頰劃過。

他害怕地回頭看去，不遠處的牆上插著一支茶匙──那道牆壁還是用魔法素材打造的，不會因為一點魔法受損。

他緩緩轉回頭，只見少女手撫著臉頰，輕輕一笑。

「討厭啦～亞倫真是的。三年沒見，就忘記怎麼稱呼我了嗎？要是用『阿姨』這種不可愛的

稱呼叫我，媽媽會很難過的～」

「……對不起，母親。」

「原來是伯母嗎！」

聽見亞倫無力地低下頭後擠出喉嚨的話，夏綠蒂跳了起來。

吃著餅乾的露和戈瑟茲也瞪圓了眼。

大概是很滿意他們的反應，少女朗聲說出自己的姓名。

「我是莉潔露特．克勞福德，多多指教喔～」

「也是我的妻子。」

哈維攬著看起來只像少女的妻子肩膀，滿臉笑容地比出「耶」的手勢。

和養父相同，養母也是從亞倫認識他們就完全沒有衰老的跡象。

這也難怪會被人私下稱為「非人夫妻」、「行走的犯規者」。

總之，這正是哈維想讓亞倫繼承校長之位的理由。

「叔叔想把職位強推給我的真正理由，就是想和阿……母親一天到晚恩恩愛愛吧！別因為這麼無聊的動機就把要職傳給兒子！你是笨蛋嗎！」

「什麼無聊！哪裡無聊了！」

原本滿臉笑容的哈維瞬間沉下臉，站起身來。

哈維藉著這股氣勢加上誇張的動作，開始飛快地說道：

「校長確實是個光榮的職位！栽培許多學生的喜悅、研究魔法的價值也可說是非常美好！但是這些東西……和莉茲相比，就毫無價值！我是想馬上把一切丟給兒子，窩在深山的別墅裡和妻子過著從早到晚恩恩愛愛的日子啊！」

「你也太老實了吧！雖然我這麼說也很奇怪，但你把兒子當成什麼了啊！」

「我當然把你當成可愛的兒子啊，所以說，我差不多也想讓你見到新的妹妹或弟弟啊～」

「給我閉嘴，太寫實了……！」

父子倆大聲嚷嚷，就快撲上去抓住對方的衣領。

三年前他們也像這樣起口角，展開了三天三夜的殊死戰。

這次由於夏綠蒂在旁邊，父子倆都不想使用魔法，只在嘴上爭吵。

莉潔露特不理會情感如此和睦的父子，倒著紅茶並嘆了口氣。

「對不起喔，夏綠蒂。我們家的人真是的，吵個不停，是不是嚇到妳了～」

「不、不會，一家人的感情這麼好，我很羨慕！」

「呵呵呵，謝謝妳，不過夏綠蒂也像是我們的女兒了喔。」

莉潔露特從位子上站起來，輕輕摸了摸夏綠蒂的頭。

「妳也經歷了很多事情吧？希望妳能當作多了一位媽媽，願意向我撒嬌～」

「伯母……」

『露也要，露也要！因為莉茲媽媽的餅乾好好吃！』

「妳當然也是我們家的孩子啊～多吃一點吧。」

露蹭了蹭莉潔露特，讓莉潔露特笑得更開懷了。她雖然外貌看起來十分年幼，內心卻是能將亞倫和艾露卡撫養成人的堅強母親。

難看的父子爭吵及溫馨的女生聚會。

看著這完全相反的光景，戈瑟茲低吟道：

『不愧是亞倫閣下的老家，簡直可以說是奇人異事大拍賣呢。』

「哎呀～抱歉啊，我家爸爸媽媽這麼吵鬧。」

『哎呀，艾露卡閣下，觀迎回來。』

回來的艾露卡看到會客室的現狀，嘆了一口氣。

她的身旁有個大費周章搬來的巨大物體，上面蓋了一條白布。

艾露卡瞥了父親一眼，無奈地聳聳肩。

「唉，爸爸真是的，又提那件事？你不是三年前和哥哥大吵一架就放棄了嗎？」

「唔……經過那件事，我確實也學到了教訓。」

哈維尷尬地移開視線。

確實，那次吵架之後，他在信上只會偶爾輕描淡寫地說「希望你能改變心意～」。

「既然這樣，為什麼現在還要這樣逼我？」

「其實……最近我們學校發生了一連串的問題。」

哈維坐回沙發上，重重地嘆了口氣。

他既為難又垂頭喪氣的模樣相當悲壯，似乎非常傷腦筋。

「最近，有一部分的學生發生了派系爭鬥，而且主要人物還是首席等級的實力者們……所以學院方也很傷腦筋。」
「我還在的時候也發生過爭地盤的衝突吧？」
「那個時候還算好了，現在最多人的那一派，已經增長到大約一百名成員了。你試想看看，每天島上到處都會發生這種規模的衝突，我也實在無能為力啊。」
「那還真是可怕。該不會在海港鬧事的也是……」
「沒錯，就是其中一員。」
哈維敷衍地點頭。
在學校這種封閉的環境中，必定會產生所謂的派系。
而這些派系鬥爭也是家常便飯。
然而，若是規模高達一百人的團體發生鬥爭，事情就非同小可了。
這間學院的學生各個都是好手。若還是由其中達到首席等級的人帶頭，那就實在不能稱為學生間的小衝突，已經可以說是幫派械鬥了。
實際上，接連發生的那些事件都是大規模的衝突，讓哈維心力交瘁。
一下打壞一間半的學院校舍，一下劈開大海，一下召喚龍群過來，整片天空密布……也常常收到觀光客的怨言。
陳述到這裡，哈維抬起頭。
他的臉上帶著深沉的絕望說──
「多虧於此，我忙著解決這些事，比之前更不能跟莉茲恩愛了……！這份痛苦，你能明白嗎？

你應該懂吧！因為亞倫你也剛交到心心念念的第一任女友啊！可惡，竟然一整天都和戀人同在一個屋簷下，根本想做什麼都可以！真希望你能把那些時間分給我……！」

「你就那麼想被我打飛嗎……不，等等。」

差點握起拳頭的亞倫忽然察覺到什麼，摸著下巴。

「你說學院變得毫無秩序對吧？該不會那個……和夏綠蒂的妹妹也有關係？」

「娜、娜塔莉亞嗎？」

「嗯……你的直覺還是一樣準確呢。」

看著臉色大變的夏綠蒂，哈維又大嘆了口氣。

「亞倫，還有夏綠蒂小姐，我會叫你們過來不為別的，我希望你們能解決娜塔莉亞小姐背負的問題……拯救這間學院。」

「規模又一下子變大了……該不會，夏綠蒂的妹妹被捲入了那個抗爭？」

「讓你們實際看看比較快吧。艾露卡，麻煩了。」

「好的好的～」

艾露卡輕快地回答，從搬來的東西上掀開布。

接著出現的，是被鑲嵌在金框中的巨大全身鏡。

不過那個鏡面中只映照出白色霧氣，看不到亞倫兩人的身影。

「這叫思鄉之鏡，是可以映照出其他地方的魔法道具……」

哈維打了個響指。

鏡子中的霧氣瞬間消散，映照出屋外的景色。

看到畫面，夏綠蒂倒抽了一口氣。

「娜塔莉亞……！」

那是寬闊庭園的一角。

爽朗的風吹動樹木，花朵隨處綻放。雖然是個心曠神怡的地方，卻只有一個人影。

『……』

年幼的少女坐在噴水池旁，一臉無趣地晃著腿。

一頭金髮長至肩膀。

銳利瞇起的雙眼中可看到赤色眼瞳。

身穿雅典娜魔法學院的制服和黑色長袍的身影，就是亞倫之前潛入夏綠蒂夢中時看到的娜塔莉亞，他記得年齡是七歲。

夏綠蒂看到許久未見的那道身影，也忘了言語，呆愣地望著。

沉默壟罩著房內片刻，亞倫突然驚覺。

「等、等一下……這些傢伙到底是誰？」

鏡子映照出的景象中。

其中一角出現幾名學生。

岩人族、龍人族、獸人還有魚人族，其中沒有半個人類，並且從他們的體格和步伐，一眼就看出每個人都有經過紮實的鍛鍊。

人數大約三十名。
所有人無一例外地微微低著頭，緩緩走到娜塔莉亞身邊。
就連亞倫都不由得膽戰心驚。
夏綠蒂也鐵青著一張臉，驚慌失措。
「娜、娜塔莉亞……！不要緊嗎……？」
「不不不，情況很危險吧！得快點去幫她……！」
在這期間，危險的這群人團團包圍住娜塔莉亞。
其中，一名龍人族走上前——雖然外貌是人型，不過體型比人還要高壯，全身覆滿龍鱗，且具有銳利的爪子和尖牙——緩緩朝嬌小的少女伸出右手。
情況明顯十分危急。
但哈維不理會焦急的亞倫等人，悠哉地單手搧著風。
「沒問題啦，畢竟她是個溫柔的孩子，會手下留情。要是我們隨便出手，只會讓她的小跟班感到反感……現在只能靜觀其變啊。」
「你在悠哉地說什麼……！算了！這是在第三研究大樓附近吧？我現在就去——」
阻止他們！就在亞倫準備這麼說，衝出房間的時候。
鏡子裡上演令人訝異的光景。
轟隆——！
「…………啊？」

看向傳出震耳欲聾的爆炸聲的鏡子，只見接近娜塔莉亞的龍人族飛到了空中。身長超過兩公尺的巨軀被輕鬆打飛，並用力摔到地面上的樣子相當怪異。

其他人一片譁然，讓出一條路。

娜塔莉亞緩緩走過眾人之中。

她的表情宛如惡鬼，全身散發出令人發麻的殺氣。

『不要開玩笑好嗎……』

她緊緊握住手上的鹹麵包，聲嘶力竭地怒吼。

她說──

『我命令你去買的……不是可樂餅麵包，是炒麵麵包才對啊！』

望著鏡子的房間裡再次迎來沉默。

「……嗯？」

「……咦？」

亞倫和夏綠蒂面面相覷，看向鏡子……再看向彼此。

最近經常被捲進槽點滿滿的事件，亞倫認為自己已經相當習慣了，然而這情況實在讓他無法理解。

夏綠蒂自是不提，連露和戈瑟茲也瞪圓眼睛，一臉呆愣。

鏡子裡的人毫不在乎僵在原地的他們，一下子騷動起來。

被打飛的龍人族搖搖晃晃地爬起身，當場磕頭，拚命道歉。

『對、對不起，老大……！因為福利社的炒麵麵包是熱賣商品，不管什麼時候去都售罄……！

所以我才想買個替代品……真的非常抱歉！』

『我才不管那種事情呢！你連跑腿都無法勝任嗎！真是的，每個傢伙都是這樣……你們的體格是裝飾嗎！』

『好、好了好了，老大，還請您息怒。』

『就是啊，就算生氣也無濟於事。』

『這裡的可樂餅麵包也相當好吃喔！』

看到娜塔莉亞大聲怒吼，其他人連忙打圓場。所有人都說話恭敬且放低姿態，被打飛的龍人族也依然叩頭在地，也沒有要抬起頭的意思。

根本就是老大和手下們。

「…………這是怎樣？」

還是不明所以。

亞倫帶著求助的意思，緩緩轉過頭看向哈維。

接著養父緩緩搖頭，開口：

「娜塔莉亞小姐大約是在三個月前來這間學院留學的。之後她在這裡學習魔法、進度神速，結果……」

哈維在這時停頓，大口吸了一口氣。

用迫切的表情，一把抓住亞倫的肩膀大喊——

「她以史上最罕見的速度迅速進步，現在是學院裡最大派系的首領君臨天下！我們已經無計可施了……所以，請你馬上想想辦法解決！」

「……我可以回家嗎？」

看著被逼至絕境的養父，亞倫只能擠出這句話。

此時，他終於明白他們被找過來的真正理由。

（這單純是問題兒童的三方面談吧……？）

他感覺自己白操心了。

「無聊透頂。對吧，夏綠蒂……夏綠蒂？」

「哇、哇啊啊……」

夏綠蒂臉色鐵青地凝視著鏡子。

鏡中映照出繼續大聲怒斥手下的娜塔莉亞——最後夏綠蒂緊緊抓住亞倫，顫抖地大喊：

「怎麼辦，亞倫先生！娜塔莉亞……娜塔莉亞變成了壞孩子！」

「這是……壞孩子嗎？」

對此，亞倫只能不解地歪著頭。

與其說她是壞孩子或是不良少女，稱她為魔鬼長官會比較恰當。

「不過實際上，她也不是那麼壞的孩子……來，請看。」

哈維嘆息地指向鏡子。

被打飛的龍人族正好搖搖晃晃地抬起頭。

『嗚嗚……很抱歉，老大……下次我會拚命搶到的……這、這個，是午餐費的零錢……』

他從懷裡掏出皮革袋子，戰戰兢兢地遞給娜塔莉亞。
裡面發出一點金屬摩擦的聲音，可以得知裡頭裝著不少錢幣。
不過，娜塔莉亞只哼了一聲，完全沒有要伸手的意思。
她「哼」地別過頭，用粗魯的語調說道：
『那些你就收下吧。那是跑腿費。』
『咦……！但、但是，這裡有三十枚銀幣啊！我不能收這麼多錢！』
『別說了，給我收下！』
娜塔莉亞大聲喝斥驚慌的龍人族。
『你以為我不知道你找了很多打工，會匯錢給老家的事情嗎？沒辦法讓部下填飽肚子的話，算什麼老大。你想省下餐費、孝順家人也可以，但給我多珍惜自己一點。』
『老、老大……！謝謝您！這份恩情，我會用一輩子來償還！』
『哼，那些不過是零錢，你不用因為這點小錢就感謝我。』
『畢竟老大做的藥水，連福利社都願意高價收購啊。』
『太好了呢！這樣子，你就可以擺脫一天吃一顆高麗菜的生活了吧？』
部下們圍著哭著低頭道謝的龍人族和娜塔莉亞，你一言我一語地說著。
雖然畫面相當詭異，不過周遭的氣氛十分溫馨。
「如你所見，她很有人望……」
「感覺得到血緣呢……」

壓倒性的向心力與魔法才華。

看來妹妹也和夏綠蒂同樣，天賦異稟。

「娜塔莉亞……」

夏綠蒂注視著這樣的妹妹，說不出話來。

不久後她擦去眼角湧現的淚水，露出溫柔的笑容。

「太好了……她溫柔的地方和以前完全沒有變。」

「嗯，雖然很高興能讓妳放心，不過妳也是個不容易動搖的孩子呢。」

「該不會是受到哥哥的影響？」

「我們家亞倫真是抱歉……」

「為什麼會變成責備我啊？」

一家人都用冰冷的眼神看著亞倫，讓他只能一臉鬱悶。難過的是，就連他自己也無法完全否認。

此時，露和戈瑟茲深有感慨地啼叫。

『媽媽的妹妹真不得了，跟媽媽一樣，會被奇怪的人喜歡上！』

『嗯嗯，她在老家也如此傑出嗎？』

「不……完全不是。」

夏綠蒂帶著困惑搖了搖頭。

「她既乖巧又文靜……我今天是第一次才見到她大聲說話。雖然溫柔的特點依然沒變，不過其他地方完全不同。」

「原來如此。」
亞倫摸著下巴，注視著鏡子裡的娜塔莉亞。
對七歲的孩子來說，那雙眼眸十分凶狠。
雖然不太想在夏綠蒂的面前這麼說……不過拖延結論也無濟於事。亞倫小聲說出推測：
「她不是在老家裝乖，就是走偏了。」
「不過，她入學時是位很乖巧的千金……十之八九是後者吧？」
哈維輕輕點頭附和。
「老家本來派了三位僕役跟她一起來，不過馬上就被趕回去了……現在她拒絕所有老家提供的援助，甚至開始自己賺取學費了。真的是位出色的千金小姐啊。」
「可以看出她的叛逆呢……有通知老家她的現狀嗎？」
「是連絡過了，但杳無音訊。那邊似乎也相當忙碌混亂，大概沒有餘力在意她吧。」
「至今都被捧在手心栽培的貴族千金，不僅被送到離島，還被老家置之不理……那當然會走偏啊。」
亞倫馬上就理解了，但是夏綠蒂可辦不到。
她表情又暗了下來，輕輕詢問亞倫：
「娜塔莉亞會變成那樣……是我的錯嗎？」
「……可能是其中一個契機吧。」
亞倫知道隨便否定也沒有意義。

所以只能一臉苦澀地搖頭。

夏綠蒂是被冤枉的。

但是，他們不知道娜塔莉亞知不知道這件事。就算她知道，也不曉得她是否憎恨逃離國家，惹出更多醜聞的姊姊。

（雖然想讓她們見面……但或許很難馬上實現。）

要是判斷錯誤，不光是夏綠蒂，可能連娜塔莉亞都會受傷。

「總而言之……叔叔，具體來說你希望我怎麼做？」

「可以的話，我希望能讓娜塔莉亞小姐稍微冷靜一點……」

哈維疲憊地垂下肩膀，嘆氣道：

「她的才華十分出色，說不定能超越我和你。但是，現在的她太魯莽了……」

就在他一臉為難地開口時，鏡子裡再次吵鬧起來。

『老大！不好了！』

『怎麼了？』

鏡子的角落又出現了一名鳥人族。

娜塔莉亞接下他遞過來的信，表情沉了一些。

『嗯……是魔法鍛冶班的挑戰書啊。』

『咦咦？那些傢伙可是魔法武器的專家啊！』

『聽說他們之前把魔法藥學班的人打得鼻青臉腫……』

『要、要怎麼辦？老大。』

『呵，那還用說。』

娜塔莉亞將信揉成一團，隨意扔掉。

那一秒，紙張被通紅的火焰吞噬，化為灰燼。

不顧飄散在風中的灰燼，娜塔莉亞勾起嘴角，露出壞笑。

『我們就應戰吧！我一定會讓他們後悔挑戰本小姐！』

『不、不愧是老大！』

『好！我們所有人都會追隨您的！』

『咦？不過，我記得等等有校長的課……』

『我才不管那種事！今天也要繼續抵制他！』

『沒錯，沒錯！蘿莉控校長算什麼！』

『沒有錯！那麼各位……跟我來——！』

『好——！』

娜塔莉亞帶著部下們離開庭院，彷彿勝券在握。

這時，哈維消去鏡子中的畫面，大嘆了一口氣。

「雖然累積實戰經驗也很好……但我希望他們更認真地上課啊。」

「我家妹妹真的很抱歉……」

「真的是問題兒童的三方面談啊……」

亞倫曾當過學生和教師，卻是第一次當監護人。

哈維用有些認真的表情看向無力的亞倫——

「還有，我先聲明……我絕對不是什麼蘿莉控，我和莉茲是同齡的青梅竹馬結為連理。這一點我希望大家了解。」

「我聽過很多次了，也真心覺得不關我的事。」

「唔……聽我說，莉茲！兒子變得好冷淡！」

「乖乖乖，哈維好可憐喔～」

莉潔露特輕輕拍拍丈夫的背，一臉苦惱地扶上臉頰。

「不過啊，亞倫。那孩子已經將學院既有的三分之一派系納入麾下嘍～雖然實力無可挑剔，不過還是讓人不放心呢。」

「嗯，的確如此……」

雖說散發著霸主的氣質，但她還是個七歲少女。

就算發生什麼意外都不奇怪，並不是完全沒有被邪惡的大人欺騙，走上歪路、一去不回的可能性——

「……沒辦法，回歸老本行吧。」

亞倫搖搖頭，掀飛斗篷。

接著他轉向養母，拍了一下胸膛。

「問題兒童就交給我吧。我姑且先去和娜塔莉亞聊聊。」

「呵呵～我就知道亞倫會這麼說。」
「好！那你就這樣回來學院，也搶走我校長的寶座更好——」
「那絕對不可能，你給我勤奮工作到死為止。」
冷眼看向因為私欲興奮起來的養父後，亞倫轉身面對夏綠蒂。
夏綠蒂凝望著不再映照出娜塔莉亞身影的鏡子，那張側臉鑽牛角尖似的僵著，似乎完全沒注意到露和戈瑟茲擔憂地仰望著她。
亞倫輕輕向她開口。
「欸，夏綠蒂。」
「咦……什、什麼事？」
「我要去和妳的妹妹聊聊。那麼……妳要怎麼做？」
「什麼怎麼做……」
夏綠蒂迅速別開視線。亞倫能輕易感受到她的不安，所以他才要如實說出那份不安，並向她確認。
「我老實說吧。我們不知道娜塔莉亞現在是怎麼看待妳的，她也有可能怨恨妳，對吧？所以現在最好避免直接面對面，應該先觀察情況。」
「…………是。」
夏綠蒂點頭，無力地說完後，靜默地望著自己的指尖。
然而另一方面，亞倫露出賊笑。

「不過，若是妳希望的話……我可以隱藏妳的身分，讓妳見妹妹。」

「咦？」

聞言，夏綠蒂猛然抬起頭。

「做、做得到那種事情嗎？」

「是啊，只要用我的魔法就可以。不過，有很多問題要處理喔。」

照娜塔莉亞的情況來看，說不定會態度惡劣地對待隱藏身分的夏綠蒂。

她不知道眼前的人就是姊姊，說不定會吐露出千仇萬恨。

「見了妹妹後，妳或許會受到傷害，縱使如此……妳還是想見她嗎？」

「我、我……」

夏綠蒂吞了吞口水。

她深深低下頭，緩緩吸進一口氣……抬起頭時，那雙眼裡帶著覺悟的光芒。

「我從那孩子懂事以來，就一直稱呼她為『娜塔莉亞小姐』。身為姊姊，我頂多只能幫她唸過幾次故事書而已……其他事情都做不到。縱使如此，那孩子仍一直稱我為『姊姊』……這是我在那個家裡，唯一稱得上美好的回憶。」

夏綠蒂緊緊握拳，直看向亞倫——

「就算她怨我、恨我也沒有關係。要是現在逃避，我將來會永遠後悔。所以……拜託你了，亞倫先生。」

夏綠蒂大聲說出了自己的真心。

「請讓我見那孩子……娜塔莉亞！我想好好面對妹妹！」

「好，說得很好！」

亞倫拍了一下手，大聲稱快。

接著他用食指指向哈維。

「叔叔！麻煩你準備夏綠蒂的身分偽造文件！然後讓她作為我的助手潛入學院！」

「哇哈哈哈！哥哥真是的，那是真正的壞事吧！」

「那點小事不算什麼，用校長權限來辦是小菜一碟。」

「那麼，我也去安排小露牠們的同行證～」

『耶～！耶～！要去向媽媽的妹妹打招呼了！』

『您不用擔心，夏綠蒂大人。有吾等陪在您身邊。』

「大家……」

就這樣，克勞福德家一下子吵鬧起來，開起作戰會議。養父母非常中意夏綠蒂，端出大量點心和料理，想刨根究底地問清她和亞倫之間的事，且時不時偏題——而作戰將在隔天執行。

娜塔莉亞一行人將那個庭院當作基地。

僅僅三個多月便展現出顯著成長的天才之名在校內也很有名，接近她的人不是部下們，就是對她的活躍表現感到不悅的其他派系……大致上就是這樣。

「嗨，打擾了。」

「唔……？」

所以看到突然現身的亞倫等人，一行人訝異地噤住聲。

所有人一直到剛才都圍在娜塔莉亞身邊和樂地歡談，此刻卻都以銳利的目光瞪來。沐浴在眾人的殺氣下，身後的夏綠蒂微微屏息。

不過，亞倫只露出捉摸不定的笑容。

他看向坐在噴水池旁的娜塔莉亞，以自大的口吻問道：

「那位小女孩，妳就是娜塔莉亞沒錯吧？」

「……你是什麼人？」

咬著帶骨法蘭克福香腸，娜塔莉亞低聲問道。

她毫不隱藏戒備，用打量的眼神直盯著亞倫。

她似乎在冷靜地判斷，眼前的人究竟是敵是友。

不只是如此，她也做好了萬全的迎戰準備。

她不著痕跡地確認同伴的位置，為了隨時都能衝出去，稍稍將重心移到前方。可以想像到她經歷過多少生死關頭。

（她這樣子是剛學習魔法三個月啊……真是前途可畏的才華。）

若作為公爵千金平凡地活著，這份才華恐怕一輩子都不會開花結果。

至於這是幸還是不幸暫且不論，亞倫露出做作的笑容報上名字。

「我先自我介紹吧。我的名字是亞倫．克勞福德，是臨時僱用的教師。」

「克勞福德……？該不會是校長的親戚？」
「啊！老大，這傢伙是那個！魔法學院的大魔王！」
一位小弟用食指指著亞倫大喊，其他人都面露不安。
「大魔王是指……把第四實驗大樓炸成碎片的那個大魔王嗎！」
「我聽說就連首席畢業生都要花三小時攻破的學院地下城，他只用五分鐘就過關了……」
「聽說他一口氣解決了反抗他的一百個學生，還把教授會的三成成員揍得鼻青臉腫，連校長也被他打到半死，之後就遠走高飛了……這種怪物回來了嗎！」
「呵……別這樣稱讚我，我會害羞啦。」
被用耳熟的綽號稱呼，亞倫陶醉於那令人恐懼的稱呼中。這和米雅哈親切稱呼他的「魔王先生」果然不同。
「他們應該不是在稱讚你喔……」
背後的夏綠蒂悄聲吐槽。
對此，娜塔莉亞瞇起眼睛。
「我知道你是大魔王了……但那位是？」
「啊啊，是我的助手……來，妳報上名字吧。」
「啊……是、是的。」
夏綠蒂僵硬地走到亞倫身前。
平時的服裝加上平時的髮型。要說有哪裡不同，就是她戴著一副土氣的粗框眼鏡。夏綠蒂緊張到動作僵硬，以稱不上變裝的變裝姿態，對妹妹低頭報上名字。
「我、我叫……夏洛，請多多指教。」
「夏洛啊……」
娜塔莉亞像感到什麼不對勁，唸出那個名字。不過反應只有這樣，她馬上又用銳利的目光看向亞倫。
「那麼，那位大魔王和助手來找我有什麼事？」
「很簡單。學院長親自拜託我來指導問題兒童，妳就當作專屬教師就行了。多多指教嘍。」
「嘖……多管閒事，誰理你啊。」
亞倫伸出左手，但娜塔莉亞只咂舌回應。
她迅速吃完法蘭克福香腸，站起身。
「我不需要專屬教師，請不要管我。你們幾個，走了。」
「是、是的！老大！」
娜塔莉亞就這樣帶著小弟們離開庭院。
被留下的亞倫只聳聳肩。
「以初步接觸來說，這成果還可以吧。妳覺得呢，夏綠蒂……！呃，夏綠蒂！」
「啊、啊嗚嗚……」
夏綠蒂呆站在原地，撲簌簌地掉淚。
亞倫一臉詫異，而她緊緊抓住他的衣服，一邊啜泣一邊說：

「我、我真的和娜塔莉亞說到話了……！我、我……有鼓起勇氣，真的太好了……！」
「剛剛那樣算對話嗎！」
亞倫是有跟娜塔莉亞說到話，不過夏綠蒂只是報出假名而已。看她因為那點小事哭成這樣，他不知道該如何反應。此時，為了以防萬一躲起來的戈瑟茲和露從草叢中探出頭，冷眼看著他。
『啊～亞倫把媽媽弄哭了～真不應該～』
『需要制裁呢。』
「你們有看到所有過程吧！少挑釁我了！」
亞倫對牠們喝斥一聲，戰戰兢兢地安慰夏綠蒂。
「冷靜點，夏綠蒂。照妳這樣子，今後要怎麼辦啊？」
「今、今後……？還會發生比這更不得了的事嗎……？」
「當然會有啊……」
他想像了一下今後兩姊妹的關係順利修復，感情融洽的模樣。
接著，他將想到的情景說出口，然而——
「不只是聊天，還能一起在餐桌上吃飯、同床共寢，要到處去玩也……呃，夏綠蒂？別在這種地方昏過去啊，夏綠蒂！」
「呼嗚……」
『媽媽今天的情緒比平常還不對勁呢。』
『看來能和妹妹重逢讓她相當感動啊。』

無視在一旁慈愛地看著的戈瑟茲和露，亞倫不得不拚命照顧昏倒的夏綠蒂。最後冷靜下來的夏綠蒂揉著哭腫的眼睛，拿下眼鏡。

「不過，真的不會被發現呢……魔法眼鏡真厲害。」

「雖然是緊急準備的，不過很有用呢。」

不管怎麼看那都是一副常見的眼鏡，但因為施加了亞倫的魔法，就有讓夏綠蒂看起來像別人的效果，聲音聽起來當然也不一樣。

這是使用了上次第一次約會時，露和戈瑟茲用來隱藏身形的魔法。

他像這樣簡單說明過後，夏綠蒂深有感慨地嘆一口氣。

「魔法果然很厲害呢……要是我也多加練習，是不是也能使出這樣的魔法呢？」

「這點程度的魔法沒什麼，妳應該很快就能學會。這是個好機會，待在這個島的期間，妳就從基礎開始學習吧。」

「是！我想學習！」

夏綠蒂笑容滿面地陳述決心。

在她身旁，戈瑟茲苦澀地嘆一口氣。

『但是，問題在於娜塔莉亞閣下，要解除她的戒心很困難吧。』

『畢竟她相當戒備啊～真的有辦法跟她談談嗎？』

「只能先慢慢拉近距離了。我們就有耐心一點吧，對吧？夏綠蒂。」

「是、是的。我下次會努力不讓自己哭的！」

「也不可以昏倒喔。」

「……我會盡力！」

夏綠蒂在胸前緊緊握著拳頭。

學院潛入任務第一天，只是露臉便結束了。

接著，隔天。

亞倫和夏綠蒂潛入大講堂。

「嗨，娜塔莉亞，妳今天有來上課呢。」

「嘖……昨天才說過那種話，今天就來了啊。」

他朝坐在後面座位聽課的娜塔莉亞搭話，後者露出打從心底厭惡他的表情回應。亞倫毫不在意地坐到她的隔壁，夏綠蒂也戰戰兢兢地坐下。

那些小弟當然也在周遭，不過他們只是瞥了這邊一眼，沒有人對他展現出明確的敵意，反倒像在努力無視他。

亞倫摸了摸下巴低吟。

「嗯，妳命令他們不要出手啊？」

「那當然，因為你的目的似乎是我。」

娜塔莉亞瞇起眼，疲憊地嘆口氣。

「我調查過你的事了，克勞福德家的大魔王，你留下了許多厲害的傳聞呢。我就勸他們跟你這種人打架是百害而無一利，所以這次就乖乖地靜觀敵方的動向就好。再說，我一個人受到傷害就夠了。」

「妳真的才七歲嗎……？」

渾身散發出驚人的上位者威嚴。

在他們對話的期間，教室中仍肅穆地上著課。

站在講臺上的，是彎著腰的老教授。

他在黑板上寫下多到令人傻眼的複雜算式，並連續說了好幾個專業用語來解釋。

雖然教室裡人滿為患，不過所有人光是抄筆記就耗盡了心神，能確實理解內容的人似乎沒有多少。

大略看了一下黑板的內容，亞倫感到懷念。

因為這是很久以前，他也曾學過的內容。

「五大魔元素應用學啊。妳能理解嗎？」

「反倒無聊到讓人受不了。這種程度的內容，只要看書就行了。」

娜塔莉亞聳聳肩，隨意看了一下黑板。

接著她站起身，聲音清澈嘹亮地開口：

「教授，您剛才寫的算式錯了。在那個條件下使用雷擊魔法，威力應該會更高。」

「……哎呀，確實如此呢。不好意思啊，年紀大了，注意力就會下降……」

教授苦笑著道，照娜塔莉亞的指謫修改算式。

也因此，感嘆聲四起。

時不時會聽見神童這個詞，不過娜塔莉亞毫不在意地坐下。

亞倫吹了聲口哨。

「哦？挺厲害的嘛。」

「就算被你稱讚，我也不覺得開心。」

娜塔莉亞撇頭不理會他。

雖然坐在她隔壁，不過內心的隔閡還是無法估量。

（嗯，優秀是很好，不過這條路感覺很漫長啊……）

讓娜塔莉亞改過自新是亞倫的任務，不過最終目標是讓夏綠蒂和她見面。為此，首先最重要的是談話。不過照這個情況來看，不知道什麼時候才能夠通過第一階段。

（嗯～……要是有什麼機會就好了……）

他還在任教時，若是有自大的學生，他會狠狠教訓……展現力量差距給對方看再溝通。之後對方就會非常老實地開口，但是這次不能使用這個手段，以免發生之後會成為禍根的事。

因此，只能腳踏實地地拉近距離了。他到目前為止都還沒有找到具體的破綻，那麼，該怎麼做呢……就在他這麼煩惱的時候。

「好、好厲害……我完全看不懂那是什麼。」

一直安靜看著的夏綠蒂喃喃說道。

她對妹妹拋去直白的尊敬目光。

然而，娜塔莉亞狐疑地皺起眉頭。

「啊？身為大魔王的助手，竟然連這點程度的事情都不懂嗎？」
「啊、啊唔……」
夏綠蒂說不出話來。
亞倫馬上就看穿了她不是因為妹妹說了苛刻的話，而是因為「她主動跟她說話，感動萬分」。
不過夏綠蒂咬牙忍住感動，露出生硬的微笑。
「不、不好意思，其實我最近才剛開始學習魔法……」
「是這樣嗎？」
娜塔莉亞意外地睜大了眼。
這時，亞倫感覺到她身上帶刺的氣息減輕了一點。
（哦……？）
他思考了一下，決定主動進攻看看。
亞倫拍上夏綠蒂的肩開口：
「我家助手還是新人，我想讓她在執行這次任務的同時，從頭開始學習魔法。對吧？夏洛。」
「是、是的，我還是個初學者，還請多多指教。」
「喔……」
看到不斷低頭致意的夏綠蒂，娜塔莉亞只敷衍地回應。
她似乎將亞倫認定為需要戒備的對象，不過還不曉得該怎麼判斷看起來人畜無害的夏綠蒂。
面對這樣的妹妹，夏綠蒂鼓起勇氣怯生生地搭話：

「不過，娜塔莉亞……小姐真是厲害，妳果然讀了很多書嗎？」
「這、這點程度根本不算什麼，是非常基礎的東西。」
「就算是這樣也很厲害。這個教室裡明明有很多大人，妳卻跟他們一起在這種地方讀書……我真的很尊敬妳！」
「因為這裡和年齡無關，是講求實力的學校啊……」
娜塔莉亞含糊地說完就轉過頭。
雖然她說得很冷淡，不過棘刺大概已經磨掉九成了。
此時，亞倫賊笑著祭出最後一擊。
「這樣不是正好嗎？夏洛，妳就請那位神童閣下教妳魔法的基礎吧。」
「啊？為什麼要我……」
「就、就是說啊，亞倫先生，要是打擾到她讀書就太不好意思了。」
看見娜塔莉亞一臉不悅地皺起臉，夏綠蒂連忙打圓場。
不過，她又膽怯地雙手手指互相摩擦——
「但、但是，如果妳有時間……希望妳能教我一點點……那個……」
她鼓起幹勁，宣言道：
「我可能會開心到昏倒！」
「為什麼會這麼開心……？」
「啊，不要緊的，我會努力忍耐！」

「所以到底為什麼……？」

娜塔莉亞毫不掩飾自己的困惑，直盯著夏綠蒂看。

不過，她或許明白到夏綠蒂是認真的，最後她別開眼，小聲說道：

「……等等我和其他班級要決鬥，若是現在上課時就沒問題。」

「真、真的嗎？」

聞言，夏綠蒂如花綻放般笑了。

而且，娜塔莉亞也露出一點笑容。

「但是我只教妳一點點喔。喂，大魔王太擋路了，讓開。」

「知道了，知道了。」

亞倫乖乖被她趕走、讓出位置，姊妹的課程拉開了序幕。

娜塔莉亞攤開筆記本，畫圖開始說明。

「聽好了，所謂的五大魔元素就是——然後剛才提到的雷擊魔法是——」

「是、是的。」

夏綠蒂認真聽著，不停偷瞄妹妹的臉。

她一直很想見到面的妹妹，現在就在身邊。

連坐在身後看著她們的亞倫都感受得到她的激動之情。

（喔喔，距離很順利地拉近了嘛，因為對象是女性嗎？）

要消除小孩的戒心，女性果然比較適合。

不過，亞倫卻忍不住認為有其他更重要的理由。

（或是她把夏洛當成姊姊了……大概是其中一種吧。）

亞倫撫著下巴，靜靜望著姊妹和睦上課的背影。

這間雅典娜魔法學院十分寬廣，校內設施也相當豐富。

其中，學生能使用的餐廳位在島嶼各處，有的專門提供特定種族才能吃的料理，有的是較為昂貴的高級餐廳。

話雖如此，最受歡迎的是既便宜，分量又大的餐廳。

只要一枚銀幣就能填滿肚子的價格是學生的好伙伴。

寬敞的店裡有許多學生圍坐在桌子旁，娜塔莉亞一行人也在其中。

當然，亞倫兩人也硬是跟他們同行。娜塔莉亞一行人一開始只不服氣地瞪著亞倫他們，不過現在反應卻完全不同。

「「「唔哇……」」」

小弟們完全沒有動過今日套餐，半張著嘴，發出低吟。

所有人都臉色鐵青地注視著夏綠蒂。而當事人沒有發現自己正受到他人矚目，只微笑地看著露和戈瑟茲用餐。

「好吃嗎？小露、戈瑟茲小姐。」

『嗯！原來這裡也有魔物吃的料理～』

『菜單比以前還精簡呢，能感受到廚師毫不鬆懈的努力。』

「咦？戈瑟茲小姐，妳以前來過這裡嗎？」

『是的。很久以前，吾會幻化成人去遊山玩水，那時候這裡已經是小有規模的小學院了，但活力和現在一樣沒變。』

『奶奶，妳真的人生閱歷很豐富呢～』

兩隻魔物心情愉悅地大啖魔物套餐。

夏綠蒂則和牠們歡談，同時慢慢吃著學生套餐。

對亞倫來說這是稀鬆平常的事，對其他人來說卻不是如此。

小弟們自是不提，娜塔莉亞也拿著自己的托盤呆站在原地，不斷顫抖。

「地、地獄水豚和芬里爾的幼獸？妳到底是何方神聖……！」

「咦？」

夏綠蒂驚訝地睜大眼。

聽娜塔莉亞這麼一說，她才發現自己受到了矚目。順帶一提，不只是娜塔莉亞一行人，其他學生也遠遠望著這裡，竊竊私語。

甚至在擁擠的店內，只有這個角落莫名空曠。

夏綠蒂不解地歪著頭，對隔壁的亞倫說：

「雖然很常有人這麼說……但這是這麼厲害的事情嗎？」

「嗯，因為芬里爾在稀有魔物中很有名。」

亞倫津津有味地嚐著大碗拉麵和半碗炒飯的套餐，這麼說道。
拉麵的配料少，整體又很油，調味卻格外讓人上癮。他一邊吸著麵，一邊為夏綠蒂授課。
「全世界僅有幾位能夠馴服芬里爾的魔物師，而且像露這樣的銀色毛髮特別稀有，要是帶到評選會，應該會馬上創造出傳說。」
『哼哼，露可是很厲害的喔～！』
『呵呵！大約五百年前有一位聖女和芬里爾心靈相通的傳說，直至今日仍是吟遊詩人的經典橋段，也很受大眾歡迎喔。另一方面，吾只是普通的齧齒類。』
「這傢伙基本上是敦厚溫和的生物，不過是會因為一點小事就變成瘋馬的問題人物。」
「我十分明白這一點……」
前陣子的綁架事件仍記憶猶新，夏綠蒂帶著奇妙的表情點頭。
對一般人來說，地獄水豚是一臉憨傻，常出現在動物園裡的吉祥物，但對學過一點魔法的人來說，牠只像是沉睡的獅子。
而且，亞倫也沒聽說過能馴服芬里爾和地獄水豚的魔物師。娜塔莉亞坐在夏綠蒂的正對面，傻眼地嘆氣。
「妳作為魔物師已經相當出色了啊……這樣學魔法有意義嗎？」
「但那不是我厲害，是小露和戈瑟茲小姐厲害罷了。」
夏綠蒂搔搔臉頰苦笑。
「我至今都被亞倫先生他們保護著，但是，我覺得這樣不行……我決定要變強，無論什麼事都要自己面對。」

「為了面對……是嗎？」

娜塔莉亞說出那句話，表情有一點僵硬。

面對這樣的妹妹，夏綠蒂開朗地笑著，握緊拳頭。

「所以，我會好好練習妳剛剛在課堂上教我的雷擊魔法！努力學會靈活運用的！」

「不過，那是有點難的魔法……如果妳有不懂的地方，可以再來問我沒有關係。」

「真的嗎？謝謝妳，娜塔莉亞小姐！」

「……沒什麼，施捨弱者是強者的義務啊。」

娜塔莉亞雖然別過頭，但她的臉頰微微染上緋紅。

看來姊妹之間的距離瞬間拉近了。看到出乎意料的成果，亞倫露出笑容。

「太好了呢，夏洛，找到了一位好老師。那個咒文也有能制止敵人動作的類型，所以力氣小的女性學會的話，會非常可靠。」

『這樣亞倫犯蠢時就能用了耶。太好了呢，媽媽。』

「我、我才不會做那種事……哎呀？」

夏綠蒂苦笑著，視線忽然定在娜塔莉亞的餐點上。

「話說回來，娜塔莉亞小姐……妳今天只吃這樣嗎？」

「什麼？這些分量很多了吧。」

漢堡、薯條再加上柳橙汁的組合。

炒麵麵包也好、法蘭克福香腸也是，這個少女格外喜歡垃圾食物。畢竟是名門千金，大概沒有接觸過這種庶民料理，所以來到這裡就迷上了。

不過，夏綠蒂卻露出生氣的表情。

「也要吃蔬菜才行啊！我去點沙拉之類的東西！」

「咦？沒、沒關係啦……」

『那麼，吾也和您一起去吧？』

「不用啦，距離很近，我去去就回！」

「喔，路上小心啊。」

「咦咦……」

娜塔莉亞疑惑地目送夏綠蒂幹勁十足地走向點餐櫃檯。她一根一根捏起薯條吃著，歪著頭低語：

「她真的好奇怪……為什麼那麼在意我呢？感覺又不像是因為工作。」

「啊～她在故鄉的妹妹好像碰巧和妳同年紀，大概是把妳當成她妹妹了吧？」

「……原來如此，我懂了。」

雖然沒有說謊，但也並非事實。

聽完亞倫語意不清的話，娜塔莉亞微微點頭。

夏綠蒂也因為能夠做到姊姊該做的事，所以很高興吧。

小弟們不理會聊著天的兩人，感覺稍微適應了，就畏畏縮縮地對露牠們說話。看來有幾名小弟會說魔物語言。

「那、那個……『妳好』……？」

『你～好～！』

『嗯嗯，毋需顧慮，會打招呼的年輕人很討喜。』

「牠們說什麼？」

「我聽得懂芬里爾說的話，但是地獄水豚的我也不是很懂……這是超級古老的公用魔物語，搞不好是千年以前的……」

「這隻地獄水豚到底幾歲啊……」

有一部分的人心驚膽戰，不過也營造出和睦的聚餐氣氛。

此時，娜塔莉亞冷眼看著吸著拉麵的亞倫，最後小小地嘆了口氣。

「這樣正好。現在夏洛小姐也不在，我有些事情想要問你。」

「什麼？」

「你是受到我的老家……埃文斯家所託，被派來這裡的人嗎？」

「不是。」

亞倫斬釘截鐵地否定。

「我想也是。」娜塔莉亞聳聳肩。

「我不認為老家事到如今還會來干涉我的事，若要解決這件事，應該會派更正經又無趣的老師來，所以我也只是姑且確認一下。」

「能獲得信任是我的榮幸。順帶一問，若得知我是妳老家派的人，那妳會怎麼做？」

「趕你回去，那還用說嗎？」

娜塔莉亞大口咬下漢堡，淡然說道。

她的吃法很豪邁，就算嘴角沾到醬汁也不在意。

「那個家的親戚都令人噁心，為了心理衛生，害蟲都必須清除。」

「害蟲啊……看來妳相當討厭老家呢。」

「是啊，只是想到我也流著相同的血就渾身發寒。」

娜塔莉亞沾滿醬汁的嘴角勾起淺淺的笑。

「我們家是典型虛有其名的貴族。父親只對讓家族續存感興趣，母親也是無聊的女人，只不過是生下了我這個繼承人，就一臉神氣。僕役們也全是些木頭人，真的是糟糕透頂的家。」

「真、真敢說耶……」

「我當然有這麼說的權利。那個女人別提抱我了，甚至不曾為我讀過一次故事書，一切都交給奶媽負責，算什麼母親。」

娜塔莉亞的言語無比苛刻，完全沒有悲痛的情緒。

在那之後她也叨叨絮絮地挖苦老家當配菜，吃著垃圾食物。

（嗯，看來她長年來的怨恨在這時爆發了呢。）

亞倫原本是以為她是因為至今都被捧在手心，卻突然被送到離島才會走偏……但看來她長年來對老家抱有許多怨懟。

而且十分憤怒，甚至向剛認識不久的亞倫大吐苦水。

「妳之所以那麼認真地學習魔法……該不會是為了和老家斷絕關係？」

「……也有這原因。只要有魔法，這世上大多數的事情都能處理。」

雖然有些遲疑，不過娜塔莉亞如此斷言。

比起單純的叛逆期，她來到這裡已經算是「決斷」了，不是半吊子的想法。

（那麼……她是怎麼看待夏綠蒂的？）

父親、母親，還有傭人。

娜塔莉亞怒罵的對象只有這些人，無論怎麼等，姊姊的名字都沒有出現。

所以亞倫決定設下陷阱看看。

他一邊附和娜塔莉亞的抱怨，看準時機說道：

「總之，妳好像也很辛苦。我有看到報紙喔，妳的姊姊引起了騷動，我記得名字是夏——」

此時，亞倫不禁噤聲。

他不得不停下來。

因為娜塔莉亞停下進食的手，注視著他。

那雙鮮紅的眼中帶著使人凍結的冰冷火焰。娜塔莉亞散發出連亞倫都說不出話的純然殺氣，簡潔地說：

「今後不准你在我面前提起那個名字。令人不悅。」

「……了解。」

亞倫舉起雙手，姑且擺出服從的姿勢。

原本和小弟們歡談的戈瑟茲瞥了他們一眼，用心電感應傳話。
（還好是在夏綠蒂大人不在的時候。看來她頗有微詞。）
（話雖如此，她「有微詞」的原因才是問題所在吧。）
她對姊姊懷抱著的，是對父母的那種怨恨，還是別的情感？
在判斷出這一點之前，果然還是別讓夏綠蒂直接和她見面比較好。
之後，娜塔莉亞完全閉上了嘴，默默吃著剩下的薯條。他深刻地感覺到差點就能縮短一點點的距離再度被拉開。
（看來果然前途多舛啊～）
亞倫吃著吸飽湯汁的拉麵，在心裡碎念。
正好在這個時機，有幾位不請自來的客人們走近他們的座位。
「哎呀呀，那不是娜塔莉亞同學嗎？」
「嗯？」
回頭看向那裝腔作勢的聲音來源，一名藍髮少年站在桌旁。
年齡大約十歲。
不過，在他端正面容上的，是不符年齡的冷酷笑容。
在他身後有十幾名壯碩的人類學生，一看就知道是個山大王。
「哦？妳的同學嗎？原來除了小弟，妳還有朋友啊。」
「別說了，好噁心。這種人不是我朋友，也沒有任何關係。」

聽到亞倫輕挑的話，娜塔莉亞用力皺起眉。
她用那張臉斜眼看著少年。
「有什麼事？尼爾。」
「不，沒什麼，只是想打個招呼。」
被稱為尼爾的少年做作地搖搖頭，開始胡亂拍手。
「前幾天，妳好像打敗了鍛冶班的傢伙們嘛。首先恭喜妳，那些傢伙也是小有實力的人，不愧是娜塔莉亞同學。」
「哼，那當然，那種程度的人根本贏不了我。」
「這才是我的勁敵。不過……」
尼爾這時停頓下來，目光銳利地瞪著娜塔莉亞。
「千萬不要得意忘形喔，妳的天下很快就會結束，因為本大爺會了結妳的天下。」
「哈！小嘍囉還真是會吠啊。」
「吠嗎……那是指妳的小弟們吧？今天也充滿著野獸的臭味。」
「啊啊……？」
「你這傢伙，我們不說話就當我——」
「你們幾個，別說了。和這種低級的人認真只會降低自己的格調。」
「妳說什麼……？」
娜塔莉亞制止臉色驟變的小弟們，正面回瞪少年。

少年、少女以及跟班之間噴濺出炙熱的火花，沉重的氛圍擴散。

然而，亞倫若無其事地吸麵的聲音在這時響起。

（啊啊，原來如此，他是敵人啊。）

他也十分年輕，看似優秀，肯定被捧為神童吧。然而，某天突然出現的娜塔莉亞用不到三個月的時間就奪走了首席的位置，他當然會感到不悅。

最後娜塔莉亞搖搖頭，厭倦了互瞪。

「抱歉，我現在正在用餐。若你還想決鬥的話麻煩預約，這是社會上的常識。」

「嘖……裝模作樣的臭女人。你們幾個，走了。」

尼爾咂舌一聲，帶著手下們轉身離開。

雖然氣氛很糟糕，不過亞倫連最後一粒炒飯都吃得一乾二淨。

（哎呀～真是青春啊，我以前也是那樣。）

他自己以前也是這樣，被許多學生挑釁，然後毫不留情地把每個學生打到落花流水。

（不過我完全沒有小弟呢……嗯，這麼一想，娜塔莉亞比我正常吧？）

正當他欣慰地這麼想時——

「呀啊……！」

「唔……！」

聽到細微的尖叫聲，亞倫瞬間抬起頭。

只見夏綠蒂坐在地上，瞪大了眼。

看來她撞到了尼爾的一名部下。原本應該拿在手上的餐盤和沙拉悽慘地散落在腳邊。
夏綠蒂慌張地想收拾地面——
「啊唔……對、對不起！我馬上整理乾淨……！」
「嘖！走路別發呆啊！」
被撞到的一號手下完全不關心夏綠蒂，皺起眉頭施壓道：
「少擋艾米利歐少爺的路，快點讓——」
「你這個……無禮之徒——！」
「咦噗喔喔——！」
怒吼震響的同時，一號手下以美麗的拋物線被打飛出去。
不是亞倫。
是娜塔莉亞使出一記毫無預備動作的飛踢。她使用的是很簡單的身體強化魔法，不過她俐落的手法連亞倫都讚嘆不已。
看到一擊就昏倒的手下，尼爾一行人臉色驟變。
「妳、妳這傢伙……！竟然這樣對我的部下！」
「我是代替你管教他，我還希望你感謝我呢。」
娜塔莉亞緩緩站起身，怒瞪著尼爾。
她完全失去方才敷衍對手的冷靜，怒髮衝冠。娜塔莉亞咧嘴放話：
「竟然對女性出手，豈有此理！不用預約了，我現在馬上就在這裡——」

「好了好了，娜塔莉亞。」

亞倫走近她的背後，拍了一下她的肩膀。

他原本以為娜塔莉亞是察覺到那是她姊姊了……但她似乎只是單純無法忍受女性受到欺負。雖然認同她的正義感，不過之後採取的行動有些不可取。

亞倫露出苦笑，要她看看周遭的情況。

周遭有許多學生遠遠看著這邊。

「妳要好好觀察四周。這裡可是餐廳，有很多學生在，在這種地方隨便引發亂鬥實在不值得讚賞。」

「什麼？夏洛小姐是你的助手吧！她受了傷，你卻默不作聲嗎！」

「啊哈哈，妳說的話很好笑呢。」

亞倫對大吼的娜塔莉亞露出微笑。

這是他最近聽到最令人愉快的玩笑了。

他的笑意瞬間消失，擠出低沉的聲音：

「誰說要原諒這些傢伙了？」

「咦？」

娜塔莉亞微微睜大眼的同時，亞倫打了一個響指。

藍白色的光竄過地面，轉眼間築起一道高至天花板的光牆。只有亞倫他們和尼爾一行人被光牆困在方形空間裡。

「什……！結界？竟然一瞬間就圍起這麼大的規模！」
「冷靜點！我們都知道這種結界的弱點！攻擊術者！」
「遵、遵命！」
尼爾對驚慌失措的部下們一喝，三人馬上詠唱咒文，拔出武器衝過來。他們的動作及詠唱咒文的正確度和隨處可見的小嘍囉不同。
不過，就亞倫看來不過是學生的扮家家酒。
「聽好了，娜塔莉亞，打架有三個重點。」
亞倫對瞪大雙眼呆住的娜塔莉亞，淡然說道：
「一是斷絕敵人的退路，二是一個都不留，然後是最重要的……！」
「哇啊！」
「噗嗚！」
「啊喔！」
他以手肘和手掌輕輕卸下三名學生的攻擊，在錯身之際用冰魔法凍結他們的手腳。三人就這樣被行雲流水般的動作打倒在地。
他當然也能像前幾天，養父哈維在港口鎮壓胡鬧的學生們一樣，用一招魔法完全封住他們的動作。
他之所以沒有這麼做，只施予最低限度的束縛、痛毆他們……只是想施予物理制裁。這樣他們會發出慘叫，場面又華麗。

如他所料，看到三名同伴丟人地昏倒在地，尼爾一行人更加不安。

亞倫大大勾起嘴角，露出野獸般的笑容。

「打架中最重要的事，就是……要徹底重挫對方的內心，再也不敢和妳作對！最重要的是，這樣也比較爽快！」

「呵……還以為你要說什麼呢。」

娜塔莉亞高雅地輕笑一聲。

然而下一秒，她的笑容馬上變得猙獰──

「我們真合得來啊，大魔王！我完全同意！」

「哇哈哈哈！妳也是個聰明的傢伙呢！來，我要把你們都變成地板上的汙漬，臭小鬼們！做好覺悟吧！」

「這、這傢伙是怎樣！」

「啊！你是大魔王？竟然回來了！」

「唔喔喔喔！我們也跟老大和大魔王一起上！」

「讓你們看看我們的厲害！」

就這樣，夾雜著悲痛叫喊與怒吼聲的亂鬥，在結界內上演。

露走到呆坐在地上的夏綠蒂身旁，稍微歪過頭。

『媽媽，沒事吧？那個，我們也可以加入嗎？露要為媽媽報仇！』

『只要一聲令下，吾會立刻為您將這裡變成血海。』

「不、不可以！我只是稍微跌倒了而已！停！亞倫先生也是……請等一下！」

「溫吞、溫吞，太溫吞了！你們只有這點程度嗎，臭蟲們！傷害了我的夏洛，可別以為能安然離開！我會讓你們後悔誕生在這個世上！」

「哇啊啊啊啊！」

『他感覺聽不見呢……』

「就說真的不行了！戈、戈瑟茲小姐！魔杖！」

『遵命。』

戈瑟茲不知道從哪裡拿出魔杖，夏綠蒂拿起魔杖就放聲大喊：

「打架是真的壞壞的事！」

「哇啊啊啊啊！」

剛從娜塔莉亞那裡學到的電擊咒文——雖然殺傷力極低，威力卻能一擊打暈一頭熊——迸裂開來，漂亮地直接擊中亞倫。

一小時後。

亞倫和娜塔莉亞兩人，要好地並肩跪坐在那個庭院裡。

兩人的脖子上掛著「我在餐廳打架，引起了騷動」的反省牌子，夏綠蒂則坐在他們面前滔滔不絕地訓話。

「我很高興你們為了我生氣，但是你們兩個都做得太過火了，不能行使暴力。」

「對不起……」

「娜塔莉亞小姐也是，做出那麼危險的事情……要是受傷了怎麼辦？」

「那就用魔法治療……不，對不起。」

娜塔莉亞本來想反駁，但看到夏綠蒂的臉色陰鬱就乖乖低下頭。

「各位也是！不可以打架！」

「是……」

娜塔莉亞的一群小弟也跪坐在他們身後，只敷衍地回應。

順帶一提，挨了一記電擊後魔法結界馬上消失，尼爾一行人就一溜煙地逃跑了，還拋下經典的「給我記住！」這句話。

亞倫偷望向對小弟們訓話的夏綠蒂，深有感慨地嘆氣。

「哎呀呀，不僅對我施予魔法，還對大家訓話……那個連沙包都不敢打的柔弱少女，變強了呢……」

「她能馬上在實戰中成功使出那種魔法的實力，我的確也深感佩服……不過你為什麼看起來一臉滿足？」

在秀恩愛的亞倫身旁，娜塔莉亞露出有些害怕的眼神。

這時，在一旁看著的露微歪過頭。

『不過，亞倫應該能躲過媽媽的魔法吧？畢竟破綻百出。』

『不不不，露閣下……不可以問這件事。』

戈瑟茲拍上露的肩膀，一臉艱澀地搖搖頭。
『這世上有很多事情不要知道會比較好，這件事也包含在內。』
『咦～為什麼？露很在意耶，明明連露都能躲開啊。』
「呵……這還用問嗎？這是為了讓她累積成功經驗。」
『經驗？』
亞倫對越來越不解的露微微一笑。
「使用魔法的時候，最需要的東西就是強韌的內心，『做得到』這份意念會化為力量。一擊打倒像我這樣身經百戰的魔法師的經驗，絕對會讓那傢伙得到自信。下次就算又在那種場面遇到敵人，她應該也能毫不畏懼地出手應戰。」
『也就是說，你……是故意挨下那一擊的？為了媽媽？』
「沒錯。」
亞倫乾脆地點頭。
雖然現在還有點發麻，但這樣就能讓夏綠蒂有自信，那就不算什麼。
亞倫還以為女性們聽到自己的這份覺悟，肯定拋來尊敬的目光，但是——
「真的好噁心，你那份扭曲的愛意到底是怎樣？」
『早知道就不問了……奶奶說的果然是對的。』
『明白就好，露閣下。』
「為什麼啊？」

他只收到三人冰冷的目光。令人費解。

夏綠蒂則絲毫沒有發現這些事，繼續對小弟們訓話。

大概是知道她是在擔心自己，小弟們都帶著微妙的神情聽著，但最後他們面面相覷，重重地嘆了一口氣。

「就算妳說不可以打架……」

「基本上都是別人來找碴的，我們從來不曾主動挑釁過別人。」

「是、是這樣嗎？」

夏綠蒂眨了眨眼，詢問娜塔莉亞。

娜塔莉亞大方地點頭。

「是啊，在場的所有人原本都是這間學院的異類。」

家裡貧窮、在種族中擁有稀奇的體毛或鱗片、極其不擅長特定魔法等等，這種人在小群體中是絕佳的目標。

娜塔莉亞的小弟們，到不久前都受到尼爾和其他人挑釁、輕視，處境悽慘。

「是我幫他們脫離困境的，因為我看到別人欺負弱者也很不是滋味。」

「但就因為這樣，老大就到處遭人埋怨。」

「嗚嗚！對不起，老大……都是因為我們……」

「吵死了！我說過很多次了，是我自己擅自出手罷了！你們沒理由向我道歉。」

面對垂頭喪氣的部下們，娜塔莉亞大聲怒斥。

「原來如此，妳只是在保護他們啊。」

「……沒錯。」

無論是透過鏡子觀察，還是今天在餐廳裡時，的確都是對方找上門的。

娜塔莉亞疲憊地垂下肩膀。

「我只是想在這裡磨練自己的力量，快點變強，雖然尼爾他們正好能當作練習的對象……不過不管被我打倒幾次，他們還是會找上門來，最近真的覺得有點煩了。」

「嗯嗯，我終於明白妳的問題了。」

過多的才華和高貴的正義感，還有一認定為敵人就毫不留情的個性。

這些加在一起，讓她和周遭的關係更加劣化。

「順便問一下，妳每次被挑釁都怎麼回應？」

「當然就是打群架啊。只要有人衝著我來，我就把所有人打趴。雖然我擅長所有魔法，不過比較常使用肉體強化系的魔法，赤手空拳把對方打倒。」

「喔喔，妳的嗜好怪得很棒呢，和我預想的差不多。」

「打群架……？」

亞倫大方地點頭，夏綠蒂則在一旁鐵青著臉。作為姊姊當然會有這種反應。話雖如此，姑且不管這件事，亞倫摸著下巴低喃。

「既然這樣就好談了，娜塔莉亞，妳該做的只有一件事。」

「你該不會……會說和那些傢伙好好相處這種蠢話吧？」

「不，完全相反。」

亞倫拍上皺眉的娜塔莉亞肩膀，正面望著那張年幼的臉，微笑地說：

「娜塔莉亞，妳去打下這間學院的天下。」

「什麼……？」

不只是娜塔莉亞，其他人也愣在原地。

「敵人不管被打倒幾次都會再來挑戰，都是因為妳對他們下手太輕了。我來教妳更有效率的打法，這樣妳的敵人很快就會消失在這間學院裡了。」

如此一來，娜塔莉亞就能得到平穩的學生生活，亞倫或許也能贏得她的信賴，可說是一石二鳥。

然而，夏綠蒂臉色鐵青地不斷發顫。

「不、不可以打架喔。一想到娜塔莉亞小姐可能會受傷，我就非常非常擔心……」

「放心吧，夏洛，我要做的不是單純的打架，會把危險降到最低。就算需要動手，我也會好好教她保護自己的方法。」

不管她多有才華，亞倫當然都不打算讓年僅七歲的少女亂來。

他說明完，露出猖狂的笑容。

「若妳還是認為很危險……那就像剛才那樣阻止我吧。」

「咦……那、那個是……我不想再那麼做了……我自己也覺得做得太過火了……」

「哦？妳想說妳做不到嗎？」

看見含糊其辭的夏綠蒂，亞倫做作地聳了聳肩。

接著，他揶揄似的說——

「妳的覺悟只有這點程度嗎？妳應該已經決定好無論敵人是誰……都要迎戰了吧？」

「……！」

夏綠蒂猛然驚醒，神色僵硬。她來回看了看娜塔莉亞和亞倫，最後吞下口水，重重點頭。

「我明白了，那就交給亞倫先生。但要是萬一失控……我全力阻止亞倫先生的！」

「哈哈哈哈哈！很好，就是這股氣勢！能駕馭我的人，全世界就只有妳一個！妳可要銘記在心喔！」

「是！我會加油！」

「不是，那個，請不要把我夾在中間，自己討論得那麼熱烈啊。而且我也不是很懂夏洛小姐的決心……」

娜塔莉亞狐疑地吐槽。看到剛認識不久的兩個人像監護人一樣對自己的教育方針展開熱烈的討論，應該無論是誰都會一臉難看。

亞倫像之前一樣，對這樣的娜塔莉亞伸出左手。

「總之，妳要怎麼做？娜塔莉亞。要和我聯手嗎？」

「嗯，和大魔王打天下啊……」

娜塔莉亞靜靜地看著那隻手。

她只猶豫了一秒就伸出小小的手掌，緊緊握住亞倫的手，嘴角勾起凶惡的笑容。

「很有趣呢，將來應該也會很有用……我姑且先加入吧。不過，要是我覺得你沒有用處就會毫不留情地解除合作關係，可以吧？」

「那當然，儘管為我的才能渾身發顫吧！」

亞倫回以大笑，雙方就這樣締結了同盟關係。

「唔喔喔……老大，請加油！」

「我們也會全力支持您！」

小弟們為之振奮。

但此時，他們身後響起冷冽的聲音。

「喂喂喂，你們一副不關己事的樣子呢。」

「咦？」

他們回頭看到的是變成絕世美女、臉上有個巨大傷痕的戈瑟茲。前幾天的禮服搖身一變，今天她穿著不知從何得來的黑白軍服，以及厚重的外套。

她用手拍了拍竹劍並露出微笑的模樣，不管怎麼看都是魔鬼教官……

「娜塔莉亞閣下會被盯上的根本原因，就是各位能力不足吧。沒辦法幫主人打頭陣的臣子，就只是累贅，所以……」

戈瑟茲用竹劍指著小弟們，露出令人發寒的笑容宣告：

「就由吾來鍛鍊各位，讓你們多少能派上用場吧。不用道謝，這也是為了吾主。」

「「「……請問您是哪位？」」」

「嗯，那邊就交給妳了！但是千萬別鬧出人命喔！」

「呵呵呵……吾明白。哎呀，不知道有幾百年沒有指導年輕人了，令人躍躍欲試啊。」

『露也要，露也要！感覺很好玩，露也要幫忙～！』

「那個，戈瑟茲小姐和小露，不要做得太過火喔……」

看見十分興奮的戈瑟茲和露，夏綠蒂戰戰兢兢地提醒。

接著，幾天後。

在萬里無雲的昏黃天空中，迴盪著少年絕望的聲音。

「可惡……！下次我一定會贏！給我記住！」

「我大概今天晚上就會忘了。」

留下經典台詞，尼爾帶著手下們逃跑。

娜塔莉亞對他們的背影隨便揮揮手，目送他們離去。

娜塔莉亞的背後有個通往地下室的漫長階梯，立在一旁的看板上寫著「學院鍛鍊用地下城（※使用時務必連絡事務局！）」的注意事項。

這裡是放養魔物的地下城，也是學生們用來測試力量的修練場。

而在那出入口前，艾露卡將文件夾夾在腋窩拍拍手。

「地下城攻略速度競賽，獲勝者是娜塔莉亞～哎呀～壓倒性勝利呢！差距竟然會超過三十分鐘。雖然尼爾也很優秀，不過娜塔莉亞的等級不一樣呢～」

「能獲得稱讚，我深感榮幸，評審小姐。不過，這座地下城好像還有更深的地方……為什麼不能進去呢？」

「啊～住在裡面的地下城關主現在正好是產卵期，脾氣很暴躁。或許該封印得更徹底呢～」

艾露卡如此喃喃說著，手腳俐落地在活頁夾上寫下筆記。

和亞倫一樣，艾露卡也早就從這間學校畢業了，不過偶爾還是會來校內兼差，做些雜務。這次她是作為學校地下城的監視人員，來見證娜塔莉亞和尼爾對決。

此時，夏綠蒂拿著毛巾和水壺走過來。

「辛苦了，娜塔莉亞小姐。我泡了香草茶……妳要喝嗎？」

「謝謝妳，我開動了。」

娜塔莉亞接過水壺，慢慢喝起茶。

亞倫也在這時踩著緩慢的步伐走來，慰勞她道：

「很好，這次在三小時內就結束了呢，刷新了妳的最高紀錄吧？娜塔莉亞。」

「哼哼，這是當然的。不過……」

娜塔莉亞一臉難看地從懷裡掏出一張紙。

紙上羅列著一排名字，除了尼爾之外，全被畫了叉叉。

娜塔莉亞冷眼看著尼爾離開的方向。

「尼爾真纏人，會來挑釁我的笨蛋只剩下他了。」

「唉，畢竟大家都說最後的堡壘最難攻陷，我們就慢慢來吧。」

「……既然大魔王都這麼說了。」

娜塔莉亞雖然不服氣，仍不情不願地點頭，剛認識時的戒心完全消失了。她攤開畫滿叉叉記號的紙，感慨萬千地吐出一口氣。

「不過，天下就近在眼前了呢……沒想到只用了五天，尼爾以外的人就都被納入我的勢力之下了，我自己都覺得不可思議。」

「呵，和我說的一樣吧？」

亞倫呵呵笑道。

這是這幾天他作為娜塔莉亞的教練，陪她爭奪勢力的結果。

「沒必要和整個團體作對，只要一一擊敗首領就好了，然後要刻意挑戰對方的拿手領域。這樣勝利後，等級差距就很明顯了。」

「這個方法雖然簡單，卻能輕鬆讓對方明白實力差距呢。」

對付魔物師的學生，就比捕捉魔物。

對付主修魔法藥學的學生，就比調和藥水。

對付擅長戰鬥的學生，就來場簡單的決鬥。

話雖如此，亞倫傳授的方法不只這些。

「呵……不過，大魔王的奇策真是令人佩服。沒想到除了團戰廝殺之外，還有攻陷敵人的部下，避免戰鬥的方法……」

「對吧？不戰而勝也別有一番滋味啊。」

若是敵方首領有寵溺的妹妹，就和那個妹妹搞好關係。

若是知道對方是奶奶養大的，就送對方很受老人歡迎的保健食品。

除了一決勝負，不斷費心攻陷的結果，就是除了尼爾之外的人都舉白旗投降，再也不會來找麻煩了。

拍了一下娜塔莉亞的肩，亞倫頂著爽朗的笑容說道：

「這次的對手是學生，所以我只傳授給妳安全的做法，但如果妳希望，我也可以教妳遊走在法律邊緣的小手腳吧。洗腦、威脅、賄賂……只要妥當運用，沒有比這些更有趣的武器了。」

「呵呵呵……真有趣，請務必教導我。」

「嘻嘻嘻……妳一定能妥善運用，我很期待喔。」

「我、我覺得娜塔莉亞小姐越來越壞了……！」

夏綠蒂鐵青著臉，卻不打算阻止亞倫。

大概是因為她這一週都在旁邊看著，知道他沒有教授娜塔莉亞任何危險的事。

事實上，雖然到目前為止經歷了許多場對決，不過娜塔莉亞每次都毫髮無傷。這都是多虧亞倫的教導。

「老大～！辛苦了！」

就在他們聊天時，一群人滿臉笑容地跑過來。

是娜塔莉亞的小弟——其中三個人，之前去買可樂餅麵包回來卻被揍飛的龍人族也在其中。

娜塔莉亞迎上他們，露出微笑。

「我這裡結束了……你們那裡如何？」

「完全沒問題！」

龍人族著急地回答。

另外兩個人也依舊十分亢奮，三人雙眼發亮地說——

「我把之前使喚我的傢伙揍……和他好好談過後，變好朋友了！」

「我也去找本家囂張的少爺……經過許多事情後，讓他向我道歉了！」

「我把搶走我女友的臭傢伙扔……一起去海邊玩了！」

似乎是顧慮到夏綠蒂在身旁，他們相當委婉地報告各自的復仇情況。細細聆聽著手下們的報告，娜塔莉亞一臉滿足地笑了。

「做得很好，這樣才是我的小弟。」

「嗚嗚……謝謝您，老大……！」

「這都是多虧了老師……！」

三人緊抓著娜塔莉亞，嚎啕大哭。

他們說的老師，當然不是指亞倫。娜塔莉亞安撫著部下們，看向身後不遠處的空地。

「我們對戈瑟茲老師真的感激不盡。雖然至今我也訓練過他們……不過您能如此靈活運用糖果與鞭子，我深感佩服，您想必是那名聲響亮的地獄水豚。」

「不會不會，過獎了，吾不過是個年邁的老人。」

在空地的戈瑟茲恭敬地低下頭。身穿軍服、手持馬鞭的身影後面，剩下的部下橫屍遍野地躺在地上。亞倫在指導娜塔莉亞的期間，戈瑟茲也狠狠教育著小弟們。

戈瑟茲看向完成報仇的三人，瞇起眼笑了。
「各位之所以能達成目標，都是你們認真鍛鍊得來的成果，吾不過是助了一臂之力。謹記那份驕傲，更精進自己吧。」
「是！真的很謝謝您！」
「也承蒙露姊照顧了！」
『哼哼。若是要玩鬼抓人或是單獨對打，露隨時都可以奉陪！』
露一臉得意地微笑，踩著倒地的小弟玩。
其他遍體鱗傷、趴在地上的小弟們拚命站起身。
「可、可惡……還沒結束，我還能再打……！請繼續訓練我們！」
「雖然報完仇了，但我們也想變得更強！老師！」
「哦？很有膽量，那麼……」
戈瑟茲輕咳一聲後——一揮鞭子，大聲怒斥。
「好了，休息時間結束！蛆蟲可沒有時間拖拖拉拉的！現在繞島跑一圈！結束之後要和吾對打！吾會折磨你們到哭笑不得，做好覺悟吧！」
「「「是的！長官！」」」
『耶～耶～！要玩鬼抓人了！要是跑太慢，露會咬你們喔，快跑～！』
「麻煩兩位了，戈瑟茲老師、露。」
娜塔莉亞深深低下頭，目送瘋狂的一行人跑走。

雖然這光景相當溫馨，不過亞倫無法接受，不禁一臉苦澀。

「欸，戈瑟茲是老師，我卻還是大魔王嗎？妳可以叫我亞倫老師喔。」

「你的角色設定不是教師吧？大魔王就是大魔王，別自戀了。」

娜塔莉亞冷淡地瞥了亞倫一眼，隨後伸伸懶腰。

「話說回來，我們去餐廳慶祝勝利吧，我肚子餓扁了。」

「說的也是。不過，妳也要好好吃蔬菜才行喔。」

「我、我最近不是有吃了嗎？因為夏洛小姐會勸我吃。」

「呵呵，很棒喔，不愧是娜塔莉亞小姐！」

夏綠蒂對說話吞吞吐吐的妹妹露出滿臉笑容。

此時，遠遠望著兩人的艾露卡走到亞倫身邊，湊到他耳邊悄聲說：

「她們兩個感覺很不錯呢，根本是感情融洽的姊妹嘛！」

「要是能成真就好了……」

「哎呀，你還沒有問娜塔莉亞怎麼看待姊姊的嗎？」

「畢竟那件事對那傢伙來說是大地雷啊，得變得更親近，直到能聊到這件事才行。」

亞倫只能嘆氣。

前陣子她在餐廳聽到姊姊的名字時，流露出來的怒氣是真的。

在一旁看著感情和睦的姊妹倆，他小聲地繼續說：

「現在還在建立信賴關係，不能隨便出手。只能腳踏實地，多花一點時間了。」

「喔～那麼不可一世的哥哥，對心上人的妹妹也很謹慎呢。」

艾露卡露出壞笑，用力地拍了拍亞倫的後背。

「總之，學院抗爭也稍微平息了，爸爸很滿意喔。接下來就剩娜塔莉亞本人的問題了，我也會觀察到最後，所以你好好加油吧。」

「真抱歉啊……話說回來，這件事結束後妳要做什麼？妳願意再幫我調查夏綠蒂家嗎？」

「嗯～爸爸也有幫忙，我大致上都查過了……」

艾露卡瞄了一眼姊妹倆。

接著用有些僵硬的表情開口：

「現在沒辦法說，等情況穩定一點再告訴你。」

「……我知道了。」

亞倫沉重地點頭。

從艾露卡的口吻聽來，大概不是什麼好事。老實說，他是很在意，但現在還有其他問題，所以先暫且不管吧。

看到亞倫這樣的反應，艾露卡露出燦笑。

「不過，哥哥和夏綠蒂不會有問題的啦。總之，等娜塔利亞的事情結束後，我也會先回那座城鎮，畢竟我也想見基爾。」

「喔～我前陣子有見到那傢伙喔。」

兩人之前約會時造訪過魔法道具店，基爾就是在那裡擔任店員的輪椅青年。

「他說想正式來拜訪我，是發生了什麼事嗎？」
「喔～因為我們在交往啊。」
「啊～原來如此…………什麼！」
聽見她語氣輕鬆地告知事實，亞倫感到震驚的同時，向前走的夏綠蒂和娜塔莉亞回過頭來。
「亞倫先生～我們要先走了喔～」
「快點來，大魔王！要開下次的作戰會議了！」
「我、我知道，我知道了……喂，艾露卡！之後再跟我說詳細一點！」
「喔，真是稀奇，哥哥竟然會這麼好奇，是很在意妹妹的戀愛故事嗎～？」
「這我真心覺得無所謂！」
「什麼……？」
亞倫緊緊抓住艾露卡的肩膀，一臉認真地靠近她。
「那傢伙對魔法造詣高深，而且很認真……非常適合成為叔叔的繼承人啊！只要妳和那傢伙順利結婚，之後就不關我的事了！妳無論如何都別讓他逃走了啊！」
「你根～～本是另有盤算！就沒有『竟敢對我可愛的妹妹出手』的想法……呃、喂，等等！哥！」
「等等我，夏綠……夏洛！我現在過去！」
說完自己想說的話，亞倫就忽視艾露卡的怒吼，追上夏綠蒂她們。
那天晚上。

就在夕陽完全西沉的時候，亞倫一行人來到娜塔利亞的宿舍。
「喂～娜塔莉亞，到了喔～」
「嗯唔……唔。」
娜塔莉亞在亞倫的背上發出既不是回答，也不是夢話的聲音。
在餐廳開作戰會議時，戈瑟茲和小弟們姍姍來遲，之後變成一場宴會。
學校的餐廳當然不會提供酒精飲料，但只有果汁和點心的宴會持續到半夜，娜塔莉亞都睡著了。
雖說年僅七歲就散發出霸主的氣場，不過要她熬夜不免太難了。
看著娜塔莉亞安穩的睡臉，夏綠蒂揚起笑容。
「呵呵，畢竟她今天玩得很開心。」
「抱歉，大魔王。要是我來揹老大，身上的鱗片可能會弄傷她……」
「別在意。比起這個，快幫忙開門。」
「是是是。」
一起跟來的龍人族小弟，用娜塔莉亞交給他的鑰匙打開房門。
裡面還算寬敞，桌子上疊滿了課本。
牆壁上貼著大量便條紙，上面寫著魔法術式和算式，讓亞倫不禁停下腳步，仔細端詳。
「哦……？真是認真呢……」
「她很認真學習呢，雖然我還是看不懂……」
夏綠蒂也抬頭仰望著筆記，感嘆地嘆了口氣。

雖然不知道她在研究什麼魔法，但是能感受到她的認真。

暫且不管這些，亞倫走向擺在窗邊的床鋪。

「來，娜塔莉亞，好好在床上……嗯？」

他想把娜塔莉亞放下來時，忽然看到一個東西。

有一個雙手可以抱住的方形旅行包放在枕邊。

包包是皮革製的高級品，上面裝了很多鎖。

「咿唔……呼唔……」

娜塔莉亞伸出手，緊抱住包包。雖然那個包包當成抱枕，看起來很不舒服，不過她就這樣徹底陷入熟睡。

此時，龍人族慌張地開口：

「噢！別碰那個包包，因為連我們碰到，都會被毫不留情地狠揍一頓。」

「是很重要的東西嗎……？」

「好像是，上面還施了魔法。」

亞倫若無其事地回答探頭望來的夏綠蒂。

不只外側有鎖，亞倫只看一眼就知道上頭還施加了魔法封印。

「這是生物辨識型的鎖，若是想硬打開包包，陷阱會發動……特別謹慎呢，裡面到底裝了什麼？」

「不知道，畢竟老大不常說自己的事……」

龍人族青年歪了歪頭，瞄了一眼牆上的時鐘。

「喔，已經這麼晚了，那我先走……嗚哇！」
「怎麼了？」
打開門來到走廊上時，他發出狼狽的慘叫。只見走廊上有個小小的影子，緊緊握著信件——是娜塔莉亞的勁敵少年。
「喔喔，什麼啊，是尼爾啊。你又拿挑戰書來給娜塔莉亞嗎？」
「少、少囉唆！」
亞倫一搭話，尼爾就捏著信倉皇逃跑了。
目送他離開後，龍人族無言地搖搖頭。
「那傢伙真是學不乖呢。那麼，我還要去打工！失陪了，老大！」
「唔嗯……」
「嗯，路上小心。」
目送龍人族離開，房間裡陷入寂靜。
望著熟睡的娜塔莉亞，亞倫露出苦笑。
「真是的，像這樣睡著就是普通的小孩呢。」
「是啊，讓我想起以前。」
夏綠蒂輕柔地笑了。她懷念地瞇起眼睛，續道：
「在娜塔莉亞更小的時候，我曾讀過幾次故事書給她聽。這孩子也真是的，總是在我讀到一半時睡著。」

夏綠蒂在這時止住話語，環顧房間。
看到到處堆起的專業書籍，露出苦笑。
「不過……她都會讀這麼難的書了，我沒辦法再念故事書給她聽了。她真的長大了。」
夏綠蒂的表情似是驕傲，又像個被拋棄的孩子，她續道：
「我還是不要坦承自己是誰……或許會比較好。」
「……妳為什麼會這麼想？」
亞倫平靜地問道，夏綠蒂就緩緩搖了搖頭。
她只注視著娜塔莉亞的睡臉，沒有撫摸她的頭。看來是在努力忍著，不觸碰妹妹。
「來到這座島後，我和娜塔莉亞聊了許多事，不過……她完全不提起家裡的情況。我想，那一定就是答案。」
夏綠蒂露出落寞的笑，彷彿在說服自己般開口：
「我只是個不好的回憶……她還是忘記我比較好。」
『……為什麼要說這麼悲傷的話呢？』
露蹭了蹭夏綠蒂，不安地低鳴。
『媽媽和娜塔莉亞不是很要好嗎？妳卻希望她忘記妳嗎……？真奇怪～』
「因為那不是我，而是『亞倫先生的助手夏洛』啊。」
『可是媽媽就是媽媽，娜塔莉亞就是娜塔莉亞啊。露不希望妳們分開。』
「小露……」

夏綠蒂摸著露的頭，苦澀地皺起眉。

在沉重的氣氛中，亞倫故意開朗地說：

「好了好了，不用現在就得出結論，慢慢想就好了。」

「沒有錯，夏綠蒂大人。」

戈瑟茲也走近夏綠蒂，輕輕抱住她的肩膀，笑道：

「時間會解決這種事的。娜塔莉亞閣下也是，只要用長遠的目光守護她就好了。」

「不愧是最年長的人，在這種時候說的話就是不同凡響。」

「哈哈哈！畢竟吾也經歷過許多事情啊。以前吾曾不小心睡昏頭，將東國的火山地帶夷為荒地，但那裡現在也變成了綠意盎然的平原。所以說，時間是萬物的萬能藥。」

「規模有點奇怪……妳說的那件事，該不會是十分出名的不明天災事件……？」

至今仍議論紛紛的重大災害，真相突然水落石出。

亞倫冷眼瞪著戈瑟茲時，夏綠蒂輕笑出聲。

「說的也是……大家說的沒錯，我會再想想看的。」

「嗯，不管要多久，我都會奉陪。」

亞倫大方地點點頭——但他沒想到，隔天事態會有大幅進展。

娜塔莉亞突然消失了。

◇

隔天，朝陽完全高高掛起時。

在同一個庭院中，亞倫雙手環胸，一臉難看。

「然後……你說你去叫她時，她就已經不見了？」

「就、就是啊。」

龍人族小弟慌慌張張地點頭。

外型與人類有極大差異的種族，常常分辨不出表情變化。

縱使如此，亞倫也能看出來他相當苦惱。

「老大非常不喜歡早起，所以我們每天早上都會有人去叫她起床……但是她今天已經不在房間裡了。」

「然後那個很重要的包包也一起消失了，對吧？」

「是啊，她至今從來沒有帶出去過啊……」

「嗯……」

亞倫摸著下巴低吟。

其他小弟都一臉不安地面面相覷。

自從知道娜塔莉亞消失後，他們所有人分頭找遍了各處，卻連她的行蹤都找不到，他們這才覺得真的事態不妙，跑來找亞倫求助。

「露，怎麼樣？」

『嗯～她離開時好像消除了氣味，露聞不出來。』

露嗅了嗅，卻瞇起眼搖搖頭。
就算這樣，也還是有方法找人，不過夏綠蒂一臉鐵青地低吟說道：
「她該不會聽到了昨天的對話……」
「我以為她睡得很熟……不過有這個可能呢。」
依舊維持美女模樣的戈瑟茲，一臉難看地同意這個猜測。
她發現夏綠蒂是她的姊姊，於是離開了。
光看這個狀況，這並非不可能。
不過亞倫搖搖頭，否定這個可能。
「不，應該不是這樣，恐怕是有別的理由。」
「嗯，閣下能說得如此肯定，看來是心裡有點頭緒，但是該怎麼辦呢？無論如何都不能放任她不管啊。」
「這個嘛……首先由我——」
「啊，找到了！」
去找吧。亞倫還沒說完這句話，幾名學生就隨著急迫的聲音跑過來。全是熟識的面孔，臉色都比娜塔莉亞的小弟們還要蒼白。
「什麼啊，這不是尼爾的跟班嗎？抱歉，我們現在很忙。」
「拜託！幫幫我們！」
亞倫打算趕人，他們卻拚命懇求。

自從在餐廳被打得落花流水後，他們就把亞倫視為眼中釘，但是今天的模樣卻很奇怪。正當亞倫感到不解時，他們非常慌亂地開口，說出驚人的內容。

「我家少爺……硬是把娜塔莉亞叫到封印的地下城深處了！」

「還偷了那傢伙重要的東西……！」

「……說詳細一點。」

在場的所有人一片嘩然。

亞倫冷靜地催促他們說完，手下們便斷斷續續地說出原委。

最近的尼爾似乎相當煩惱。

和亞倫預想的一樣，在娜塔莉亞來到學院之前，他作為神童名聲遠揚，走路有風。

然而，遇到娜塔莉亞後屢戰屢敗。他的自尊心滿是傷痕，被逼上了絕境，甚至表示不擇手段都要獲勝。

就在這時，昨晚他來遞交挑戰書時，偶然得知娜塔莉亞有個很珍惜的包包。尼爾就偷走它，帶著可能兩敗俱傷的覺悟，要求進行決鬥。

「我們都覺得這樣太危險，曾阻止過他，但是少爺獨自跑了出去……」

「聽說那個地下城深處，現在連教職員都很少靠近……！絕對很危險啊！」

「原來如此。」

亞倫只能嘆氣低吟。

雖然離家出走的可能完全消除了，但不管怎麼說，情況都一樣危險。

昨天晚上有看到尼爾……他是那個時候得知包包的存在吧。

亞倫沒有預料到尼爾會鑽牛角尖到這種地步。

（不，我應該先料想到的。看來我也因為夏綠蒂的事，視野變得有點狹窄了……）

亞倫全心反省自己並伸出左手，抓住想飛奔出去的夏綠蒂。

「妳也真是的，想去哪裡？」

「那、那還用說！我要去救她！」

夏綠蒂語氣悲痛地大喊。看來她聽到妹妹陷入危機，坐立難安。

然而，亞倫只冷靜地搖了搖頭。

「不行，雖然妳會用一點魔法，但還是外行人吧？就算有我在妳身邊也太危險了。」

「那麼，就由吾同行吧。」

戈瑟茲挺身向前，但亞倫也一臉苦澀。

「那也不行。那裡的魔物正在產卵，現在這個時期很暴躁。要是有其他魔物靠近，恐怕只是火上加油，我自己一個人去。」

『亞倫，你一個人真的不要緊嗎？』

「別擔心，我會迅速進去，給那個臭小鬼一記拳頭就回來的。」

他對一臉擔心的露笑了一下，接著悄悄和戈瑟茲交頭接耳。

（不過，姑且幫我連絡一下叔叔，畢竟不知道會發生什麼事。）

（……吾明白了。）

戈瑟茲點了一下頭，馬上離開。

亞倫望著夏綠蒂，一派輕鬆地笑著說：

「就是這樣。妳會在這裡等我吧？」

「……我明白了。」

夏綠蒂表情僵硬地點頭。

她的臉上仍然毫無血色，不過他看到了堅定的信任。

夏綠蒂用帶著強烈光芒的雙眸直望著亞倫，懇求道：

「亞倫先生……！娜塔莉亞就拜託你了！」

「包在我身上。你們也留在這裡待命！夏洛就拜託你們了！」

「遵、遵命！」

在小弟們的目送下，亞倫飛快跑出去，前往在學院任教時時常潛入的地下城。

這個世界的地下城有許多種類型。

有從很久之前就存在於當地的，也有因為魔物棲息而變成地下城的。

雖然起源有很多種，不過其中最少見的是人工地下城。在寬闊的空間裡放養魔物，並進行一定程度的人為管理，類似一種生態環境。

人工地下城大多是為了研究或鍛鍊建造，擁有多大的人工地下城甚至成了彰顯學校力量的一項指標。

這所雅典娜魔法學院也擁有幾座地下城。

其中難度較高的，就是前幾天娜塔莉亞和尼爾進行對決的其中一個洞窟型地下城。

粗糙的岩石迷宮一路通往地下深處，到處亮著的魔法光芒驅逐了黑暗，但魔物的鳴叫聲、某種東西爬過的聲音從四面八方響起，威脅著入侵者。當然，裡面也充滿了陷阱。

因此，要進入這裡必須獲得學院的許可，並由一名監視員跟隨。

不過亞倫現在徹底無視這些規定。

他經過禁止進入的看板，向前走一段路後，順利在開闊的地方找到了目標。巨大的奇美拉隨時要撲向岩石後方——

「找到了！」

「唔……」

「呀嗚！」

大喊出聲的同時，他放出魔法火球。

火球不偏不移地擊中魔物的側腹，巨軀猛然飛了出去。奇美拉搖搖晃晃地起身，就那樣逃到洞窟深處。

那是棲息在這層樓的其中一隻，因為外觀相當特別而聞名，但是關主另有其獸。

不過，這暫且不提——

「大、大魔王……你怎麼在這裡？」

岩石後方的角落有個影子蜷曲著，呆愣地睜大雙眼看著他。

是娜塔莉亞。

她將帶鎖的旅行包緊緊抱在胸前，失去意識的尼爾就倒在她身旁。亞倫看了一眼就知道兩人都沒有傷口，也沒有聞到血味，不過亞倫還是姑且蹲到娜塔莉亞面前看著她。

「先回答我的問題。有受傷嗎？」

「那、那個，腳不小心扭到了……」

娜塔莉亞依舊坐著的姿勢，看向自己的右腳踝。

上面滿是擦傷，又紅又腫，不過似乎沒有大礙，但夏綠蒂看到後大概會尖叫。接著她一臉怨憎地瞪向尼爾。

「那個笨蛋是跌倒後撞到頭了……不過沒有生命危險。」

「那我來治療你們兩個，不過，在那之前……」

「咦？什、什麼？」

亞倫將手伸到娜塔莉亞眼前。

既然知道孩子們沒事，那該對他們做的只有一件事。

「喝！」

「咿呀！」

他力道非常輕地彈了一下她的額頭。

娜塔莉亞發出小貓般的尖叫聲，縮起身子。她的眼角帶著淚水，尖聲怒吼：

「你、你做什麼啊！」

「那是我要說的話，妳這個大傻瓜。」
亞倫迅速施予治療魔法，並冷眼瞥她一眼。
腳上的紅腫瞬間消退。
「大致上的事情經過，我都聽尼爾的手下說了。妳真是亂來，妳應該很清楚衝進產卵期的魔物巢穴有多危險吧。」
「唔……可、可是，本來就是尼爾他……」
「就算是這樣，妳至少也跟我說一聲。」
亞倫胡亂揉了揉說不出話的娜塔莉亞的頭。
「我是那麼不可靠的老師嗎？夏洛和小弟們都很擔心妳耶。」
「……對不起。」
娜塔莉亞低下頭，擠出顫抖的細微聲音。
她緊緊抱住包包，續道——
「但是只有這個……只有這個，我必須靠自己的力量搶回來才行。」
「……原來如此。」
亞倫眯起眼，嘆了口氣。
他知道裡頭放了很重要的東西，甚至讓她如此鑽牛角尖。
他能想到的只有一個。
「我來猜猜看裡面放著什麼吧。」

「咦……」

「是跟妳姊姊……夏綠蒂有關的東西吧？」

「……！」

娜塔莉亞倒抽一口氣，抬頭看向亞倫。

那張臉彷彿隨時都會哭出來似的皺在一起。娜塔莉亞抱著包包，用嘶啞的聲音開口：

「你……知道埃文斯家發生的事吧？」

「嗯，大概知道。」

亞倫聳了聳肩，故意輕挑地說：

「妳姊姊做了很多壞事——」

「不是那樣的！」

娜塔莉亞大吼道，聲音迴盪在洞窟內，斗大的淚珠終於滾落眼眶。她的聲音因為哽咽而顫抖，高聲喊出傷心的話：

「連蟲都不敢殺的姊姊怎麼可能做出那麼無法無天的事……！當然是那個混帳王子為了陷害姊姊設計的！但是埃文斯家……比起努力洗刷汙名，選擇了捨棄姊姊……！」

「果然是這樣啊。」

亞倫輕輕摸著她的頭。

他早就隱約猜到了，而這個猜測在昨天踏入娜塔莉亞的房間後，變成了確信。

貼在娜塔莉亞房間裡的大量便條紙。

都是尋找遺失物品以及失蹤人口的魔法……是她研究這種魔法的痕跡。

「妳不恨妳姊姊呢。」

「我恨姊姊……？麻煩你不要說蠢話。」

娜塔莉亞粗魯地擦拭眼角，重重嘆了口氣。

「我無法原諒的是埃文斯家……以及沒能拯救姊姊的——我自己。」

接著，娜塔莉亞斷斷續續地說起姊姊的事。

雖然同父異母，不過娜塔莉亞出生之後，夏綠蒂就一直溫柔待她。

然而不知道什麼時候開始，姊姊在家的待遇就像奴隸。

她想改善姊姊的狀況，盡自己所能地幫助她。

但是她只能背著家裡的人偷偷給她快壞掉的水果，她對此一直感到很不甘心。

亞倫只靜靜聽著。

她的聲音發顫，帶著深沉的後悔。

娜塔莉亞抽泣著，吐露出所有心裡話，續道：

「我長大後要拯救姊姊，我一直、一直這麼想著。但是……那是錯的。」

姊姊不見後，她被送到這所學院。

之後，娜塔莉亞發現沉睡在自己體內的魔法才華……並絕望了。

「如果那個時候我馬上振作起來，我就能拯救姊姊了。但是我拿自己是小孩當藉口，什麼都沒有做，所以姊姊才會淪落到被國家通緝的處境。」

「……這不是妳的錯吧。追根究柢，都是那個陷害她的王子不好。」

「但是……也不能說我沒有罪過。」

娜塔莉亞無力地搖頭。

若她只是個無力的孩子，就不會這樣受到後悔折磨了。正因為無意間得知自己有才華，她的心才會一直受到「原本能拯救姊姊」的確信折磨。

「因為那件事情，姊姊放在家裡的個人物品都被處裡掉了。只有這個……一直放在我這裡的這個，是唯一留下來的東西。」

娜塔莉亞緊抓著那個包包，用力到指尖發白。

「多虧了這個，我知道現在姊姊還在某處活著，所以不能讓任何人碰到這個。」

「尋找遺失物的魔法啊……妳靠個人物品上的痕跡搜索過了吧？」

「對，不過，我還沒找出所在處……」

「……這樣啊。」

有一種魔法可以利用殘留在物體上的意念，搜尋持有者的所在處。

不過，這是相當困難的魔法。

若是留在物品上的意念太老舊會難以追蹤，縱使更新意念，若其方位是在地下城等擁有強大力量的地方，就會受到阻礙，無法追蹤。

從娜塔莉亞留在房間裡的便條紙來看，可以得知她測試過相當多次了。

（一心想要見姊姊……她肯定就像抓到了救命稻草吧。）

對此，亞倫內心十分激動，然而——

「真的是太可恨了……雖然不知道是誰，但是我想快點把抓住姊姊的壞人親手大卸八塊。」

「…………嗯？」

聽到娜塔莉亞咂舌，他感到心驚膽戰。

抓住夏綠蒂的壞人……是指？

「那個……妳為什麼覺得妳姊姊是遭到囚禁了？」

「我的追蹤每次都會受到某種強大的力量阻撓，最近還會出現姊姊就在附近的胡鬧反應……對方肯定發現到我在找她，所以在阻撓我。」

「是喔……」

「真是的，是哪個傢伙把姊姊……我一定要把那個人找出來，親手解決他，必定要親手……」

娜塔莉亞的表情駭人，緊緊握住拳頭。

看來是因為亞倫就在她身邊，阻礙了追蹤魔法。

（我……會被大卸八塊啊……）

他也不能斷言自己是無辜的，只好乖乖接受命運。

當亞倫望著遠方時，娜塔莉亞鬆開拳頭，輕輕撫著那個旅行包。

「雖然有人阻礙……但我總有一天會找到姊姊的。就算她怨我、恨我也沒有關係，我要把這個還給她……並好好向姊姊道歉。」

她擠出喉嚨的聲音十分堅定，可聽出相當強烈的覺悟。娜塔莉亞不斷落淚，說出最後的決心。

「所以為此，我必須變得更加、更加強大才行……！」

「……我明白妳的心意了。」

亞倫輕拍上她的肩。

想見到姊姊並道歉。這份心意千真萬確，也值得尊重。

「不過，別太勉強自己。要是妳有什麼萬一，妳姊姊肯定也會難過。」

「哼……真是老套的台詞。你了解姊姊什麼？」

「當然了解啊。」

亞倫為一臉不滿的娜塔莉亞擦去眼淚，回以爽朗的笑容。

娜塔莉亞吐露的決心，正巧和夏綠蒂前幾天決定面對妹妹的決心十分相似。

所以——這對姊妹沒有問題的。亞倫打從心底這麼想。

「我來斷言，妳們姊妹能比以前更自然地一同歡笑。」

「……怎麼可能。」

「不相信我嗎？那麼，我就讓妳親眼看看吧。」

「說得好像要讓我和姊姊見面一樣……」

娜塔莉亞一臉不悅地望著亞倫，卻看不透其真意。

「你為什麼要做到這種地步？你和我明明是幾天前才認識的陌生人。」

「沒什麼，很簡單。」

因為她是重要之人的妹妹。

雖然當然也有這層關係，不過這一週對亞倫來說，娜塔莉亞又昇華成不同的特別存在了。他揉亂她的頭髮，勾起嘴角一笑。

「因為妳是我的學生啊。為了學生粉身碎骨才是所謂的教師吧？」

「……亞倫老師。」

娜塔莉亞小聲地說著，吸了吸鼻子。

平時惹人厭的語氣完全消失無蹤，他從她的聲音中感受到堅定的信任。

「好，那我們回去吧。在那之前稍微看一下臭小鬼……嗚哇！」

此時，亞倫驚訝地叫了一聲。

尼爾不知何時醒來了。只是這樣就算了，他還淚如雨下。這嚎啕大哭的模樣讓人擔心起他會不會哭到脫水。

察覺到這一點，娜塔莉亞的肩膀也一震。

「你、你怎麼了？尼爾，有哪裡痛嗎？」

「不是……！會痛的……是我的良心……！」

「啊……？」

尼爾向一臉狐疑的娜塔莉亞低下頭。

「抱歉……我醒來後不小心聽到了……！我、我竟然做了那麼愚蠢的事……！真的很抱歉，娜塔莉亞同學……！」

「不，沒關係啦……但你怎麼突然這樣？」

「……我也有一位姊姊。」

尼爾垂下肩膀，開始娓娓道來。

一問之下，才知道他也是出自名門，姊姊最近與貴族訂下了婚約。

然而那樁婚事就等同於賣身還債，再加上她有個從前就私下互許終身的青梅竹馬青年……尼爾收到了許多封憂愁的信，為此苦惱不已。

「就算被捧為神童，我也只是小孩，既不能干涉家裡的事，也沒辦法為姊姊做點什麼，這讓我十分懊悔……才會把心裡的悶氣發洩在妳身上。真的，很抱歉。」

「……嗯～原來如此。」

娜塔莉亞點點頭，拍了拍垂頭喪氣的尼爾肩膀，勾起微笑。

「咦……」

「聽好了，尼爾，你還來得及。」

「你希望……你的姊姊過得怎麼樣？」

「那、那還用說！我希望她能幸福！僅此而已！」

「回答得很好，那就和你是不是孩子無關，你該做的事情早已有了定論。」

這時，娜塔莉亞加深笑意，像個惡魔在尼爾耳邊細語。

「我正好很閒，下個月，我去你的老家玩吧。到時候可能會遇到可疑的意外或是人口販子，而你的姊姊和那位青梅竹馬或許會失蹤……畢竟，世上無奇不有嘛，嗯嗯。」

「娜塔莉亞同學……！」

尼爾的表情一亮。

少年與少女手牽手的光景令人感受到友情，但兩人眼中都閃著隱晦的光輝。亞倫只能摀著額頭呻吟。

「別光明正大地提出詭計啊……」

「怎麼？你有意見嗎？這也是幫助人的大好事啊。」

「那是完全沒問題，你們想怎麼做就去做吧。」

這肯定會變成相當棒的經驗。不過，需要有大人監視。

「雖然你們要怎麼做都可以……不過擬定好計畫要先給我看喔。畢竟完美犯罪是需要細心準備的，我會順便徹底調查那個未婚夫的家。畢竟是在放高利貸的貴族，肯定能查出醜聞，手上握有越多能讓他們閉嘴的籌碼越好。」

「大魔王……！謝謝你！」

「雖然我沒資格說，不過你也是個濫好人呢。」

娜塔莉亞苦笑道，周遭散發出溫馨的氣氛──就在此時。

咚──────！

「呀啊！」

隨著轟隆巨響，足以撼動整個洞窟的震動襲來。

在那之後也斷斷續續傳來地鳴聲，而且那道聲響明顯正在接近這裡。

娜塔莉亞和尼爾偷偷從石頭後面探出頭，發出一聲簡短的尖叫聲。

亞倫也跟著他們看了看情況，發出感嘆。

「喔喔，果然是那傢伙啊。」

踩著沉重步伐走來的，是必須抬頭仰望的巨大紅龍。

體型像球一樣圓潤，火焰不斷從巨大的嘴巴中洩漏而出。

看著那高大的巨軀，孩子們臉色鐵青地開始顫抖。

「是、是關主沙羅曼達……！」

「唔！不愧是這裡的主人……比一般個體大了一倍啊。」

沙羅曼達，就是所謂的火炎龍。會噴出幾千度的火焰，身體被龍鱗和厚實的脂肪保護著，半吊子的攻擊根本沒辦法讓牠受傷。

在龍中也以特別凶暴的種族聞名。

再加上這個時期正好是產卵期。牠一臉睡暈頭的模樣，眼睛卻格外晶亮。牠會將同種族以外的生物都視為敵人，瞬間將對方燒成黑炭。

就算是娜塔莉亞和尼爾，似乎也沒有對付過沙羅曼達。

他們慌張地直仰望亞倫。

「怎麼辦？亞倫老師。雖然在課堂上姑且學過沙羅曼達的知識……我們要聯手戰鬥嗎？」

「要、要我當誘餌也可以！請跟我說！」

「啊啊，真是的，冷靜點。」

他摟住幹勁滿滿的兩人，一把推到岩石後面。

「聽好了，打倒那傢伙的方式很簡單，你們在那裡乖乖看著吧。」
「等……亞倫老師？」
不顧慌張的娜塔莉亞，亞倫衝了出去。
看見突然現身的人影，沙羅曼達頓時停下腳步。
不過，牠的身體馬上散發出艷紅色的光芒。這是威嚇外敵的顏色。
沙羅曼達猛然一蹬地面，朝亞倫衝來。若是以肉身挨下這一擊，肯定會當場喪命，不過——
亞倫用盡全力大喊：
「波奇！坐下！」
「吼嚕嚕……嚕啊啊啊啊！」
咚————！
沙羅曼達衝到亞倫面前，今天最響亮的地鳴聲撼動整個地下城。
周遭沙塵瀰漫，娜塔莉亞慌慌張張地從岩石後面跑出來——
「亞、亞倫老師！……老師？」
娜塔莉亞卻詫異地張大嘴，僵在原地。膽怯地偷看過來的尼爾也和她一樣。
兩人看到的既不是被壓扁的亞倫，也不是遭到反擊的沙羅曼達。
「呼嚕呼嚕呼嚕～♪」
「唉，可惡！我不是說坐下了嗎？笨蛋！」
亞倫被沙羅曼達壓著，高聲喝斥。

就算他想推開牠，那宛如岩石的巨大身軀也一動也不動，似乎誤以為亞倫在摸牠，反而愉悅地發出呼嚕聲。牠身上的威嚇色完全消失，一眼就能看出十分放鬆。

「哎呀～？」

這時，一道穩重的聲音在洞窟內響起。

從深處走來的是身穿運動服，抱著大桶子的亞倫養母，莉潔露特。

「不可以喔～這裡現在禁止學生進來，只有我這個魔物學老師可以進來喔～」

「對、對不起，莉茲老師。其實發生了很多事，不過……那個，沙羅曼達的樣子很奇怪……」

「哎呀呀，真是的～」

莉潔露特手撫著臉頰，慈愛地看著就快被壓死的兒子。

「波奇真是的，妳還記得亞倫的臉啊？畢竟他是妳爸爸，從妳還沒破殼出生就一直照顧著妳啊～」

「還是無法好好管教她就是了……」

「嗷嗚！」

年幼時幫養母孵化的沙羅曼達，不知為何一臉驕傲地回應。

亞倫從小就不擅長訓練魔物，一味溺愛牠的結果就是現在這樣。現在也沒怎麼變呢～亞倫快被巨龍壓扁的同時如此自言自語。

就這樣，亞倫帶著兩人走出地下城時，所有人都在外頭等著。

有夏綠蒂一行人、娜塔莉亞的小弟們、尼爾的手下……還有亞倫的養父哈維的身影，大家都一臉不安地面面相覷，直到看見亞倫他們的身影，才到處傳來放心的嘆息。

「娜塔莉亞……！」

夏綠蒂立刻飛奔上前。

她蹲在臉色鐵青的娜塔莉亞面前，輕拍了拍她的肩膀和臉頰確認。

「妳沒事吧？有沒有……有沒有哪裡受傷？」

「那、那個，我不要緊……」

娜塔莉亞微微睜大眼睛回答。

大概是因為夏綠蒂緊張的模樣出乎她的預料。

此時，一起出來的尼爾走到哈維面前，深深低下頭。

「真的非常抱歉，校長。所有責任都在我，無論是什麼處罰，我都接受！」

「嗯，你也脫胎換骨了呢。」

對此，哈維瞇起眼微笑。手下們對尼爾突如其來的改變感到困惑……不過也因為他沒事而放下心來。娜塔莉亞小弟們的反應也差不多。

即使周遭充滿了柔和的氣氛，夏綠蒂還是一臉蒼白。

最後她的眼角湧現淚水，開始啜泣。

「太好了……真的……要是妳有個萬一，我……我……」

「真的很抱歉，夏洛小姐，讓妳擔心了……不過，我真的不要緊。」

娜塔莉亞不知所措地安慰她。

真是溫馨的光景。這時，亞倫拍上夏綠蒂的肩。

「就是啊，稍微冷靜一點，夏綠蒂。」

「可、可是，亞倫先…………咦？」

「……夏綠蒂？」

夏綠蒂僵在原地，娜塔莉亞則疑惑地皺起眉。

面對姊妹完全相反的反應，亞倫勾起壞笑——

「來吧！感動的重逢！」

「什……！」

「唔……！」

他迅速摘下夏綠蒂戴著的魔法眼鏡。

姊妹倆同時屏息。

因為拿下眼鏡，認知阻礙的魔法解除了。在娜塔莉亞眼裡看來，大概就像姊姊——她一直抱著後悔追尋至今的姊姊，突然出現在自己面前。

在一旁看著的小弟們也開始騷動。戈瑟茲和露也瞪大了眼，不過牠們選擇靜觀其變。

在屏息僵住的娜塔莉亞面前，夏綠蒂的臉色又變得更加蒼白，倉皇失措。她緩緩向後退，試圖離開妹妹——

「亞、亞倫先生？你突然做什麼……！」

「不要緊，來。」

亞倫拉著她的手，讓她再次站到妹妹面前。

他拍上夏綠蒂緊張僵硬的肩膀，在她耳邊低語：

「現在的話，妳的話一定能傳遞給妹妹，我保證……拿出勇氣吧。」

「亞倫先生……」

夏綠蒂小心翼翼地來回看了看亞倫和娜塔莉亞，吞下一口口水。

她以自己的意志向前一步，正面面對妹妹。

「那、那個……娜塔莉亞，那個……」

夏綠蒂緊握起拳，雙眼直盯著妹妹，繼續說道：

「因為我的緣故，給妳添了很多麻煩，所以、我一直、很想道歉——」

「真的是……！」

打斷夏綠蒂的話，娜塔莉亞緊抱住她的手臂。

她的雙眼瞪到最大，仰望著姊姊，聲音發顫。

「真的是、真的姊姊嗎……！不是亞倫老師的……幻術吧……？」

「妳一看就知道了吧？」

亞倫對她露出柔和的笑。

「若妳還是懷疑，可以問問看只有姊姊知道的事。我操縱的幻術可回答不出來喔。」

「那、那麼……那個，以前妳很常唸給我聽的故事書內容是……」

「呃，是動物園的故事對吧？」

「唔……！」

彷彿遭到雷擊，娜塔莉亞的肩膀大顫一下。夏綠蒂苦笑著慢慢回答。

「那是孩子們去動物園的故事書，是媽媽還活著時常唸給我聽的……所以我帶去了公爵家，但是不知何時不見了。我想一定是被丟掉……娜、娜塔莉亞？」

「啊……啊、啊啊啊啊啊……！」

娜塔莉亞的淚水撲簌簌地滑落，嚎啕大哭。她沒有摀住臉，也沒有擦去淚水。她拚命動起手指，打開放在腳邊的旅行包。

裡面有樣東西用高級布料裹了好幾層。

娜塔莉亞迫不及待地一層層打開那條布。

「這、這個……姊姊、這個……！」

「那是……！」

布翩然掉落，出現的是一本褪色的故事書。

封底和摺線處有點磨損，不過沒有其他醒目的破損，看得出來十分受到珍藏。封面上畫著可愛版的魔物們，還有幾個和牠們一起玩的孩子。

娜塔莉亞怯生生地將那本故事書遞給夏綠蒂。

「差點被丟掉的時候，我撿回來偷偷藏起來了……因為我知道這是姊姊和媽媽……重要的回憶之物……」

娜塔莉亞哭到皺起臉來，啜泣著拚命坦白心意。

「我一直、一直很想要把這個還給姊姊……！然後，再一次……再一次就好，我希望姊姊、讀這本故事書給我聽……！」

「娜塔莉亞……！」

夏綠蒂連同故事書，緊緊抱住妹妹。臉被埋進姊姊的胸前，娜塔莉亞睜大雙眼，下一秒緊緊抱住姊姊的身體，嘶聲力竭地大喊：

「對不起，姊姊……！我一直都沒能救妳……！對不起！」

「我也是，我才是……留下妳一個人，對不起……！」

兩人就這樣緊緊抱著對方，嚎啕大哭。

亞倫輕輕把手放在兩人肩上，只靜靜地望著她們。

「雖然我不是很懂……但這就是所謂的感人重逢？」

「太好了呢，娜塔莉亞同學……！」

「哎呀～大團圓呢。」

一群小弟和尼爾都受到氣氛影響，流下眼淚。哈維也慈愛地瞇起眼。

不久後，不再流淚的娜塔莉亞抬起被淚水打濕的臉。

「可是，為什麼姊姊會在這裡……？」

「其實……」

接著，夏綠蒂說明了事情的經過，娜塔莉亞則瞪大雙眼看向亞倫。

「真、真的嗎？亞倫老師……是老師，救了姊姊嗎？」

「沒什麼，那沒什麼大不了的。」

亞倫聳聳肩。娜塔莉亞呆滯片刻後——深深向他低下頭。

「謝謝你，亞倫老師。你……是我們的恩人。」

「……不是要把監禁姊姊的人大卸八塊嗎？」

「怎麼會，看姊姊這樣，就知道你有多疼姊姊了。你也曾試探過我，想確認能不能讓我們見面吧？」

娜塔莉亞苦笑著搖頭，對他露出柔和的笑容。

「能遇見你真的太好了。真的，非常謝謝你。」

「娜塔莉亞……」

面對那率直的言語及笑容，亞倫又難得感動得說不出話來。

姊妹倆能順利重逢，真的太好了。

亞倫沉浸在感慨中……但也沒持續多久。

夏綠蒂露出忽然驚覺的表情，擦掉淚水。

「對了，我也得好好向娜塔莉亞介紹亞倫先生才行。」

她指向亞倫，笑咪咪地說出——等同於處刑命令的話。

「這位是亞倫先生，是我的恩人……現在是重要的人。」

「…………啊？」

娜塔莉亞臉上的情感瞬間全數消失。

看見那徹底「空白」的表情，亞倫的心臟緊緊揪起。
（啊，慘了，這下絕對慘了。）
明確的死亡氣息直逼向亞倫。
亞倫慌張地想打斷夏綠蒂的話，但是——
「夏、夏綠蒂，那件事下次再……」
「不，跟我說吧，姊姊，那是什麼意思呢？」
「咦……這個，那是……發生了很多事……」
夏綠蒂的臉頰染上緋紅，開始忸忸怩怩。
好可愛，超級可愛。
但亞倫無法好好欣賞戀人的可愛，因為夏綠蒂忸怩著說出口的話，成了開戰的狼煙。
「其實我……現在正在和亞倫先生交往——」
「你這傢伙——！」
「咦！」
「嗚哇！」
轟隆——！
怒斥聲和爆炸聲幾乎同時響起。
娜塔莉亞一臉凶惡地撲向亞倫，同時施放攻擊魔法。
她雙手拿著魔力打造出來的劍與長槍，全身發出強化魔法的光輝，毫不留情地揮下武器。

亞倫馬上設下魔法屏障，在千鈞一髮之際擋下那快如音速的斬擊。他感覺到背後流下冷汗，望向遠方並在心中碎念。

（果然變成這樣了啊……）

一心仰慕姊姊的妹妹，又名超級戀姊情節。

若是對這樣的人說「我和妳姊姊在交往」會怎麼樣，簡直是洞若觀火。再加上一些內情，就算她認為亞倫完全是出於私心而把夏綠蒂撿回家，也不足為奇。也因此，她的殺氣比預想中還要驚人幾十倍。

隔著屏障，娜塔莉亞怒目而視，用彷彿從地底鳴響的聲音大吼：

「你這傢伙……對我姊姊做了什麼啊，混帳——！你從一開始就是為此接近她的吧！骯髒！變態！混帳！」

「等等、等等、等等，這是誤會！妳聽完就會懂了！雖然我自己說也不太對，不過我和夏綠蒂的交往相當純潔——」

「少廢話了！我一定要在這裡殺了你！大卸八塊太好過了！我要把你片成肉片……殺個片甲不留——！」

「可惡……！既然這樣，我也豁出去了！我要打倒妳……讓妳認同我和夏綠蒂交往！」

「正合我意，你這個混帳陰險魔法師！誰會把重要的姊姊交給你這種人！」

兩人就這樣刀鋒相對，驚人的交劍聲和爆炸聲響徹這一帶。

「咦……咦咦咦！亞、亞倫先生？娜塔莉亞？為什麼？有沒有人！誰來阻止他們！」

夏綠蒂驚慌失措，但其他人一臉苦澀地面面相覷。
最後，哈維半笑著率先開口：
「哎呀……讓他們盡情打個痛快比較好喔。」
「深有同感。比起這個，夏綠蒂大人，和吾等一起去享用美味的料理吧。」
「啊哈哈，戈瑟茲小姐真是通情達理。那要不要去我常去的餐廳？那裡的海鮮美味極了，我們也叫莉茲和艾露卡過來，辦一場家族聚會吧。」
『耶～！偶爾吃魚也不錯呢～』
「咦？咦……真的沒關係嗎？真的嗎？」
不理會慌張的夏綠蒂，娜塔莉亞的小弟們也半笑著開始討論。
「我們要怎麼辦……？」
「我可不想被捲進去……去餐廳聊天吧。尼爾，你們要不要一起走？」
「嗯，作為給你們添麻煩的賠罪，我來請客吧。」
不管展開殊死戰鬥的兩人，一行人隨意解散了。

就這樣，忽然爆發的姊夫、小姨之戰一直持續到那天晚上娜塔莉亞有了睡意，並且在娜塔莉亞和夏綠蒂同床共寢的隔天，吃過早飯後再次展開……就這樣難分難捨地持續打了三天，而學院又多了一個傳說。

# 番外篇

# 番外篇　小小勇者熱血激昂，想打敗魔王



那一天，少年亨利下定決心。

他心想：一定要打倒那個狡猾殘暴的魔王。

「好！準備好了！」

在郊區的森林中，亨利高高舉起木棒。

經過他精挑細選，撿來的木棒粗度和長度都無可挑剔。之後，他將從家裡拿來的鮮紅色領巾繫在脖子上，貨真價實的勇者就誕生了。

亨利意氣風發地呼喚伙伴們。

「做好覺悟了嗎？福萊特！卡利姆！」

「喔、嗯……」

「嗯～……」

卻得到毫無興致的附和聲。

總是和他一起玩的兩人和鬥志高昂的亨利完全相反，一臉不情願地呆站在原地。他們姑且照他說的，從家裡帶了彈珠和小孩用的球棒等武器過來，但完全感受不到幹勁。

亨利瞪著不可靠的伙伴們。

「你們是怎麼了，事到如今怕了嗎？我們不是決定要一起打倒魔王嗎？」
他這麼說著，指向佇立在樹林另一端的獨棟宅邸。
那正是邪惡魔王的城堡，也是亨利一行人的目的地。
他們的使命只有一個。
「要打倒魔王……由我們親手救出那位公主！」
三天前，亨利遇到了公主。
他在森林裡玩時跌倒受傷，扶著兩人的肩膀要回鎮上時，那位公主偶然路過。
一頭金色長髮配上耀眼的美貌，還有高貴的氣質。
不管怎麼看都是公主的那位姊姊自稱為夏綠蒂，並大方地用身上的魔法藥治好了亨利的傷。
『不嫌棄的話，下次請來宅邸玩。』
帶著柔和微笑的她，指著在鎮上也很出名的怪人魔法師——「魔王」亞倫住的宅邸。看來她也住在那裡……亨利舉起緊緊握起的拳頭大喊：
「公主一定是被魔王從某個城堡擄來的！當然得把她救出來啊！」
「可是啊，他為什麼讓擄來的公主那樣自由走動啊？」
「呃，那個、這個……是讓她監視周遭吧？」
「他可是魔王，應該有其他手下吧？」
「他會讓特地抓來的公主做雜事嗎？」
福萊特和卡利姆都對亨利的意見抱持著懷疑。

兩人看了看彼此，嘟噥道：

「說到底，那個魔王好像其實是好人，前陣子他還收留了我家的貓。」

「他是常來我家蛋糕店的常客喔，還免費幫我們修好了爐子，爸爸很高興呢。」

「那肯定是魔王的策略！別被騙了！」

亨利激動地跺腳。

話雖如此，他家也在經營雜貨店，魔王會大方地買很多東西，媽媽的心情就會特別好。她最近的口頭禪就是：「我說你啊，要去森林玩是沒關係，但是不要給魔王先生添麻煩啊。」

直到不久前都用好奇的眼光看著魔王的城鎮居民，現在都對他頗有好感。

然而，亨利的雙眼是不會被欺騙的，理由只有一個。

「長得那麼凶狠的傢伙怎麼可能是好人啊！」

「嗯，確實……他真的長得很可怕。」

「言行舉止也可疑到了極點……」

本來擁護魔王的兩人都深感認同。

正如其意，亨利鼓足幹勁。

「對吧！所以我們要去打倒魔王！這可是能成為勇者的機會！」

「可是，要怎麼打啊？大家都說魔王非常強吧？」

「就偷偷從後面偷襲他，狠狠給他一擊就能解決了吧？」

「偷襲……真不像勇者。」

「這樣幾乎是毫無計畫啊，真的能成功嗎？」

「肯定會成功啦！正義必勝！」

就這樣，亨利意氣風發地帶著不情願的兩人前往魔王的宅邸。目的地不是正門玄關，而是後方寬闊的廣大庭院。

他們要從那裡潛入，打倒魔王。

這是個完美的作戰——然而，一行人馬上就遇到阻礙了。

「那是什麼……」

「不知道……？」

從草叢中探出頭來看了看庭院，亨利歪著頭，福萊特也做出同樣的反應。

筆直地穿過庭院，就是宅邸的後門。

而那扇門前，有隻不可思議的生物在曬太陽。

一言以蔽之，就是巨大的褐色老鼠。那隻老鼠的體型正好和亨利他們差不多，在枯葉鋪成的床上舒服地翻了個身。

亨利曾想過或許會有看門狗，但沒想到會是一隻巨大的老鼠。

本來幹勁十足的亨利看到神祕生物後，鬥志也鬆懈下來，因為那隻老鼠不管怎麼看都一臉憨傻，完全沒有緊張感。

然而，在看到那隻老鼠的瞬間，其中一名伙伴卡利姆的神色變得怪異。

他的臉瞬間失去血色，踉蹌地後退。

「那、那個該不會是……地獄水豚！」
「你知道嗎？卡利姆。」
「我之前在書上看過！聽說那是非常強大，不能惹怒牠的魔物！」
「那、那怎麼可能，長得一臉傻樣的老鼠怎麼可能很強啊。」
「可是據說只要一隻，就能毀滅一個大國……」
亨利半信半疑，不過卡利姆是真的感到害怕。
因此，福萊特也僵著臉，拉拉亨利的袖子。
「欸、欸……還是放棄吧。那麼可怕的魔物，只靠我們根本無法對付。」
「……怎麼能因為這樣就放棄！」
「什……亨利！等等啦！」
不顧伙伴的制止，亨利從草叢中飛奔而出。
就這樣筆直地朝著稱為地獄水豚的魔物身邊跑去。
「喝啊啊啊啊！」
他高揮起樹枝，朝留著╳記號的額頭舊傷揮下去。
這一擊精準地打中目標，地獄水豚昏倒過去——才怪。
「咦？好痛！」
在樹枝打到牠的額頭前，地獄水豚的身影突然消失，亨利則用力過猛，跌倒在地。
「痛痛痛痛……奇、奇怪？武、武器不見了……！」

他原本握在手上的樹枝消失了。不過，他馬上就知道了武器的去向。福萊特他們開始在背後大叫，亨利若無其事地回頭。

「嗶～……？」

「咿……！」

地獄水豚不知何時站在他的身後。牠的前腳握著亨利的樹枝，輕輕一揮——

轟隆————！

「唔……！」

亨利馬上趴下是正確的選擇。

樹枝前端產生驚人的衝擊波，轟飛了生長在庭院裡的大樹。

大量沙塵揚起，亨利只能訝異地張著嘴，僵在原地。

「嘎嗶？嘎嗶嗶……」

巨大老鼠歪了歪頭，對亨利一行人稍微低下圓滾滾的頭。

若是他們能聽懂魔物語言，應該就能聽懂『哎呀，吾睡昏頭，不小心反擊了。小客人們，真是抱歉』這句賠罪的話，但亨利等人不可能擁有那種技能——

「咿呀啊啊啊啊！」

三人幾乎同時一溜煙跑走了。

魔王宅邸的後方就是一片茂密的森林。不過這裡對三人來說是熟悉的遊樂場，要走最短的距離逃回鎮上理應十分容易。

然而一波未平一波又起，有個身影馬上擋住了他們的去路。
「吼嚕嚕嚕……」
「咿……！這次是狼？」
一躍而出的是擁有白銀毛皮的狼。
從那低吟的嘴角可以窺見閃爍微光的尖牙。別說大人了，手無寸鐵的亨利等人非常清楚自己會無法抵抗地被狼咬死。
三人只能緊靠著彼此，不斷後退。
而從他們身後，疑似是地獄水豚的腳步聲緩緩逼近——
「竟、竟然將這麼危險的魔物收為手下……！只靠我們幾個，要打倒魔王還是太有勇無謀了啊！」
卡利姆半哭著，悲痛地說。
亨利也非常後悔。他的雙腿不斷發顫，眼淚隨時都會溢出眼眶。不過，縱使如此，他仍然沒有氣餒。
「就算是有勇無謀……！」
他撿起掉在一旁的細枝，直刺向狼。
「縱使如此我也不放棄！要是我們放棄了……公主要怎麼辦！」
「唔……！」
公主一定是遭到魔王囚禁，每天都很難過才對。

能拯救她的，只有亨利他們了。

聽到這番話，福萊特和卡利姆猛然回神。兩人思考了一陣子，學亨利也舉起自己的武器。

三人交換眼神，正面和狼對峙。

「要上了，魔王的手下們！」

「嗷嗚唔！」

狼一蹬地板，亨利等人也準備迎擊時——

「喂！妳在做什麼？」

「嗷嗚！」

「咦？」

從旁邊伸來的那隻手按住狼的後頸。

出現的是亨利一行人的討伐目標，魔王本人。

輕輕挨了一記拳頭的狼，用滿懷怨恨的目光對魔王吠叫。

「嗷嗚哇唔，嗷嗚！」

「啊？妳說『露只是陪他們玩一下而已嘛』？妳可能覺得是在玩，但對人類小孩來說可是小小的生命危機，想想體型差距啊，體型差距！」

魔王只冷眼瞥了狼一眼。

亨利等人只能呆愣地看著他們一來一往。

「為、為什麼魔王要幫我們……？」

「不知道……」
「亞倫先生～怎麼了嗎～？」
「啊！是公主！」
「啊……？你說公主？」
不久後，那位公主也來到現場。
看著她和亨利等人，魔王歪著頭。
「夏綠蒂也認識這些傢伙嗎？」
「是啊，之前在森林裡見過。他當時受了傷，我就讓他用了亞倫先生給我的魔法藥。」
「妳老是這樣，馬上就對素不相識的人伸出援手。」
「才不是素不相識呢，我常常看到他們在宅邸附近玩！」
「妳就是這樣一直交朋友，才會被奇怪的人黏上啊……」
魔王對她露出苦笑。
那凶惡的長相柔和了一些，語氣也有些雀躍。
不管怎麼看，都不像是監禁公主的邪惡魔王——亨利等人只能更瞪大雙眼。
「感覺魔王和公主……很要好耶？」
「對啊……」
「搞不好她不是被綁架的……」
就在他們竊竊私語地說著時，追上他們的地獄水豚用頭頂了一下魔王的腰，發出類似抗議的叫聲。

「嘎嗶，嗶嘎嗶～」

「什麼？妳說『奇怪的人是在指吾嗎？吾認為比起閣下，吾是更正經的高尚之人』？妳去照照鏡子再說吧。」

「嘎嚕～嗷唔！」

「妳說『露也比你成熟多了』？妳們都很會說大話呢！」

被狼輕咬著，魔王大聲吵鬧。

還以為這些魔物是魔王的手下，但魔王也沒有特別受到仰慕。

（這傢伙真的是邪惡魔王嗎……？）

這個疑問再度掠過亨利的腦海中。

所以他輕拉了拉公主的袖子。她正微笑地看著魔王他們互動。

「欸欸，公主。」

「咦？你、你說的公主，該不會是指我吧？」

「嗯。公主為什麼會和魔王住在一起呢？」

「呃，這個嘛……」

公主稍微語塞後，微微露出苦笑。

「我無處可去，所以借住在亞倫先生家。」

「原來是這樣啊……」

「不過，現在……」

「？」

公主輕勾起羞赧的笑，小聲地告訴他：

「是因為我想和亞倫先生在一起，才會在他身邊喔。」

「……難道說，公主是……喜歡魔王嗎？」

「呵呵……是的。」

她微微點頭，輕聲笑著。

那笑容十分幸福，遭到囚禁的公主不可能露出那種表情——不知為何看到這個表情，亨利的胸口有點刺痛。

魔王按著兩隻魔物，清了清喉嚨。

「總之，站著也不方便聊天……你們要進來坐坐嗎？我替嚇到你們的這兩個傢伙賠罪，請你們喝個茶。」

「哇！要辦招待客人的茶會呀！真棒！」

「他說要辦茶會耶……怎麼辦？」

「機會難得，就走吧？欸欸，這隻狼和地獄水豚會不會咬人？」

「你們放心，牠們都是非常溫柔的魔物！」

「…………」

福萊特和卡利姆都完全放下戒心，開始嘻笑。

不同於開心聊天的所有人，亨利的胸口不知為何越來越痛。

之後他才發現，當時胸口感受到的疼痛，是他出生以來第一次失戀——而直到那時，魔王和公主仍感情融洽地一起住在那棟宅邸裡。

# 後記

誠心感謝各位這次購買《撿走被人悔婚的千金，教會她壞壞的幸福生活》（簡稱「壞壞教」）第二集。

這次也經由許多人的努力，終於成功出版了第二集。

在第二集中，亞倫和夏綠蒂的關係有了進展，夏綠蒂下定決心要向前走，光明正大地出現在封面上的神祕水豚也十分活躍（？），充滿了吵吵鬧鬧、溫馨感人又像戀愛喜劇的內容。

地獄水豚——戈瑟茲本來只預計在第一集的動物園篇登場，不過網路連載時，收到許多讀者「這隻水豚是怎樣啦 ww」的疑問，所以我才決定讓牠變成常駐角色。

這隻老鼠究竟是怎樣，就連身為作者的本鯊也不知道。不過在看過みわべ老師的插畫後，我覺得「還好有讓牠登場！」。封面還有芬里爾露，兩隻魅惑人心的毛茸茸生物擠在一起。

而這次不只是毛茸茸，也充滿了戀愛喜劇的情節。

因為本鯊喜歡寫甜蜜蜜的故事，我還記得這部分我寫得非常開心。

我原本想讓亞倫察覺到心意後，在告白之前再讓他多煩惱一下，不過後來我認為「這傢伙會直接告白」，於是就寫成了這樣的劇情。

本集還有另一個看點，就是夏綠蒂的妹妹娜塔莉亞登場了。

第一集稍微讓她露了一下臉，終於能讓她出場了。

みわべ老師也在封底畫了Q版人物，請一定要看看。想知道她是什麼樣的妹妹，還請閱讀正篇。她是我創作時寫得很開心的角色。

那麼，剩下的頁數不多了，我在此一併致謝。

K責編、負責插畫的みわべさくら老師、負責漫畫的桂イチホ老師，以及閱讀本作的各位讀者，真的非常謝謝大家的關照。

多虧各位才能成功出版第二集。希望各位看得盡興。

最後是宣傳。這本第二集將和漫畫單行本第一集同時上市。（註：此為日版情形）

漫畫家桂イチホ老師非常細心地補足了原作沒有的細微動作和表情，亞倫的傻呆沒有極限，夏綠蒂也可愛到爆表！

漫畫也請各位讀者多多關照了。

那麼，我會繼續精進自己，希望能再見到大家。鯊魚敬上。

高寶書版集團
gobooks.com.tw

LN012
**撿走被人悔婚的千金，教會她壞壞的幸福生活**
**～讓她享受美食精心打扮，打造世上最幸福的少女！～ 2**
婚約破棄された令嬢を拾った俺が、イケナイことを教え込む
～美味しいものを食べさせておしゃれをさせて、世界一幸せな少女にプロデュース！～2

作　　者　ふか田さめたろう
繪　　者　みわべさくら
譯　　者　都雪
編　　輯　陳凱筠
美術編輯　林檎
排　　版　彭立瑋
企　　劃　黃子晏

發 行 人　朱凱蕾
出　　版　三日月書版股份有限公司
　　　　　Printed in Taiwan
地　　址　臺北市內湖區洲子街88號3樓
網　　址　www.gobooks.com.tw
電　　話　(02) 27992788
電　　郵　readers@gobooks.com.tw（讀者服務部）
傳　　真　出版部　(02) 27990909　行銷部 (02) 27993088
郵政劃撥　50404557
戶　　名　三日月書版股份有限公司
發　　行　英屬維京群島商高寶國際有限公司臺灣分公司
　　　　　Global Group Holdings, Ltd.
初版日期　2023年11月



國家圖書館出版品預行編目(CIP)資料

撿走被人悔婚的千金，教會她壞壞的幸福生活：讓她享受美食精心打扮，打造世上最幸福的少女！ / ふか田さめたろう著；都雪譯.-- 初版. -- 臺北市：英屬維京群島商高寶國際有限公司臺灣分公司出版：三日月書版股份有限公司發行,, 2023.11-
冊；　公分. --

譯自：婚約破棄された令嬢を拾った俺が、イケナイことを教え込む～美味しいものを食べさせておしゃれをさせて、世界一幸せな少女にプロデュース!～2

ISBN 978-626-7391-01-3(第2冊：平裝)

861.57　　112017385

三日月書版

三日月書版